하이쿠의 사계

박소현

북코리아

박소현(朴素賢)　서울출생, 문학박사, 현재 강릉대학교 교수

　　　　　▌논문

　　　　　「하이쿠와 메타포적 변환에 의한 유체감각」
　　　　　「하이쿠 본질과 예술성에 대한 고찰」
　　　　　「하이쿠 표현과 그 한국어역」
　　　　　「하이쿠의 회화성에 대한 고찰」 등

　　　　　▌번역서

　　　　　『옛날 이야기집 - 민담편』
　　　　　『옛날 이야기집 - 전설편』
　　　　　『옛날 이야기집 - 동물민담편』
　　　　　『헤이안의 어둠』

　　　　　▌저서

　　　　　『하이쿠』, 『일본어기초문법』, 『일본의 이해』(공저)

하이쿠의 사계

2009년 6월 10일 초판 인쇄
2009년 6월 20일 초판 발행

지은이 ● 박소현
펴낸이 ● 이찬규
펴낸곳 ● 북코리아
등록번호 ● 제03-01157호
주소 ● 121-801 서울시 마포구 공덕동 115-13번지 2층
전화 ● (02) 704-7840
팩스 ● (02) 704-7848
이메일 ● sunhaksa@korea.com
홈페이지 ● www.sunhaksa.com

ISBN 978-89-6324-011-4 (93830)

값 13,000원

이 책을 내면서

　누구나 한 번쯤은 詩人이 되어 詩를 쓰고 싶다는
생각을 했겠지. 대학시절부터 시집 한권 내고 죽으
면 원이 없겠다는 마음, 세월에 묻고 현실에 묻혀
지고. 동숭동에서, 마포에서, 여의도에서 시를 쓰고
싶어 미칠 지경이었던 난, 지금 없다.
　내 시집은 아니지만, 이 번역 시집을 만들면서 그
때 그 마음이 되살아났다. 남의 삶을 번역하는 일에
불과하지만, 나와 같은 언어를 사용하고 있는 이웃
에게 그 삶과 생각을 전달하고 함께 느낄 수 있다는
것에 흥분하고, 그만 삽화에까지 손을 뻗쳤다. 그리
고 몇 년 동안 끙끙거렸다.

　용기를 거듭 내어 이 조그만 한 권을 세상 밖으로
보낸다. 일본의 가장 짧은 17자의 시, 하이쿠(俳句)
108구가 자연과 함께 하는 일본인의 詩心을 잘 전달
해 주기 바라면서…….

하이쿠 원문을 縱書로 적어 일본의 옛 정취를 살리
고, 일본문자와 로마자의 표기를 병행하여 누구나
원문을 읽을 수 있게 구성하였습니다. 그리고 가능

한 한 하이쿠 형식을, 즉 上句(5)·中句(7)·下句(5)의 각 句 사이와 각 字間을 읽어내어 각자의 상상력을 펼칠 수 있도록 직역하였습니다. 너무나 짧은 시, 하이쿠가 일상 언어에서 벗어난 표현형식을 갖고 있기 때문에 한국어 번역에서도 그 자체의 특성을 나타내기 위한 최선의 선택이었습니다. 따라서 한국어 표현에 이질감을 느낄 수도 있습니다. 이런 경우는 하이쿠 표현도 그렇다고 생각하시면 하이쿠 이해에 많은 도움이 될 것입니다. 이 점 따뜻한 양해 바랍니다.

마지막으로 이 책을 위해 옆에서 지속적으로 도와주신 많은 분들께 감사의 말씀 전합니다.

푸른 바다 가까운 연구실에서
저자 씀

차 례

春

하이쿠

2 8 수

正月や
梅のかはりの
大吹雪

一茶

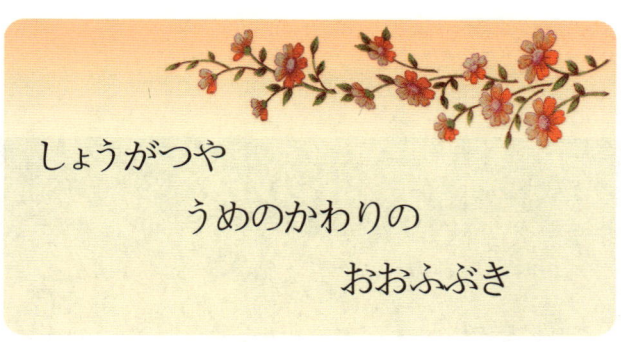

しょうがつや
　うめのかわりの
　　　おおふぶき

syōgatsuya umenokawarino ōfubuki

정월이여
　매화 대신
　　큰 눈보라

元日や
おもへばさびし
秋の暮

芭蕉

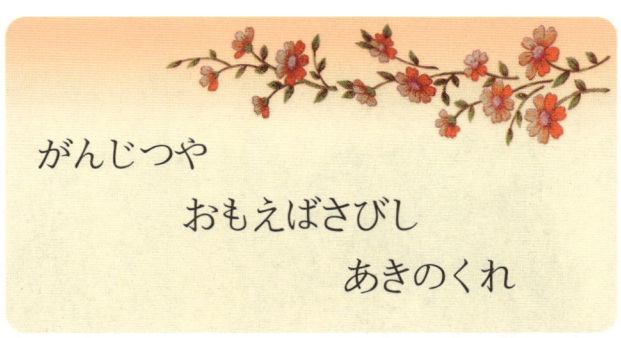

がんじつや
　おもえばさびし
　　あきのくれ

ganzitsuya omoebasabishi akinokure

새해 첫날이여
　생각하면 쓸쓸한
　　가을 해질녘

又ことし
娑婆寒げぞよ
草の家

一茶

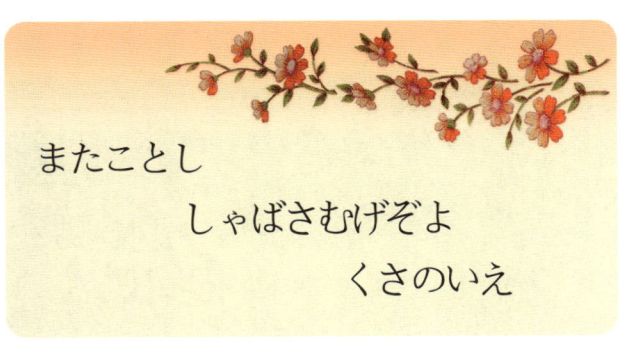

またことし
　　しゃばさむげぞよ
　　　　くさのいえ

matakotoshi syabasamugezoyo kusanoie

또 올해도
　현세는 춥구나
　　초가집

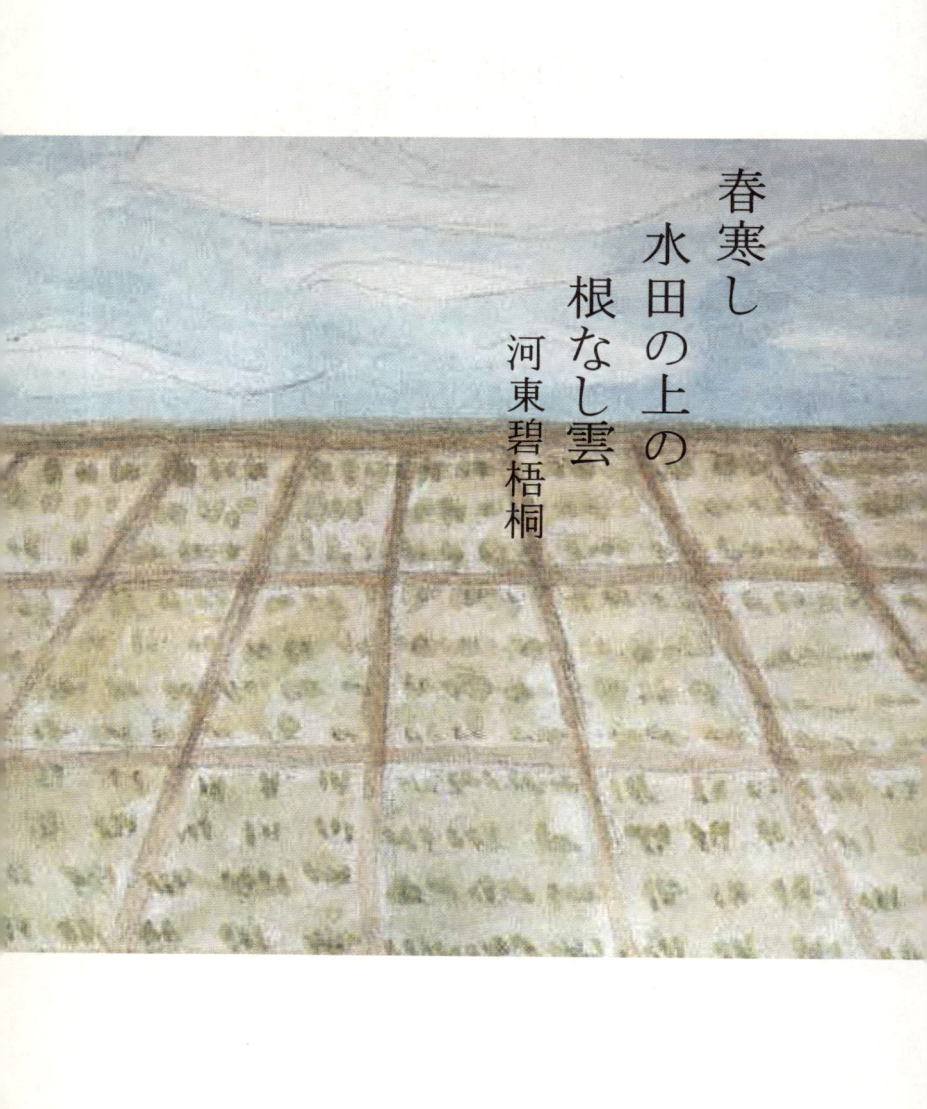

春寒し
水田の上の
根なし雲

河東碧梧桐

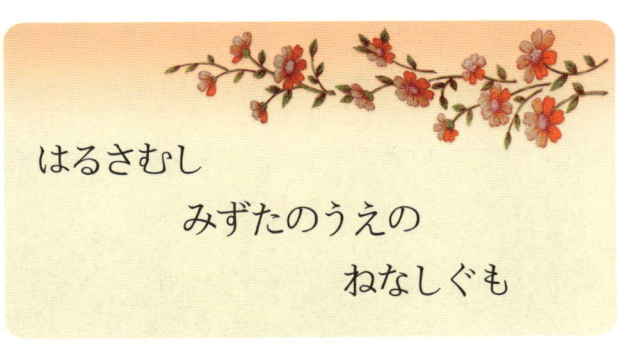

はるさむし
　　みずたのうえの
　　　　ねなしぐも

harusamushi mizutanoueno nenashigumo

봄은 춥고
　　수전 위의
　　　　조각 구름

春風や
堤長うして
家遠し

蕪村

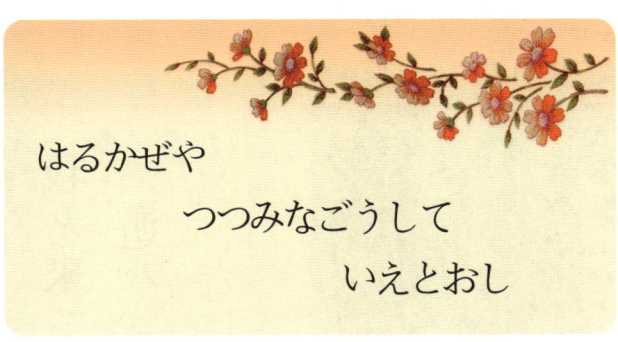

はるかぜや
　　つつみなごうして
　　　　いえとおし

harukazeya tsutsuminagōshite ietōshi

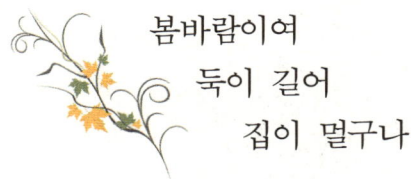

봄바람이여
　　둑이 길어
　　　집이 멀구나

我と來て
遊べや親の
ない雀

　一茶

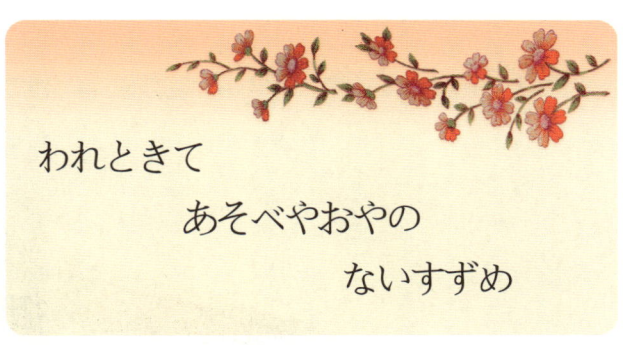

われときて
　　あそべやおやの
　　　　ないすずめ

waretokite asobeyaoyano naisuzume

나와
　놀자구나 어미
　　없는 참새

まんべんに
御降受ける
小家哉

一茶

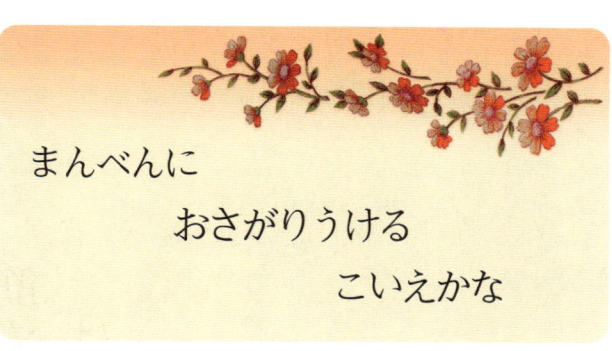

まんべんに
　　おさがりうける
　　　　こいえかな

manbenni osagariukeru koiekana

구석구석 내리는
　새해 비를 맞는
　　작은 집이여

土藏から
筋違にさす
はつ日哉

一茶

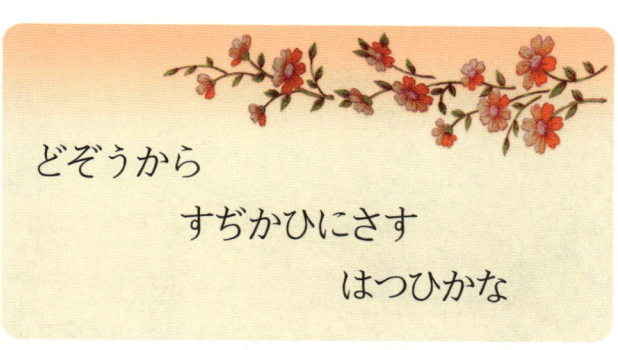

どぞうから
　　すぢかひにさす
　　　　はつひかな

dozōkara sudzikahinisasu hatsuhikana

흙벽으로
　　비스듬히 비치는
　　　　새해 아침 햇빛이여

門々の
下駄の泥より
春立ちぬ

一茶

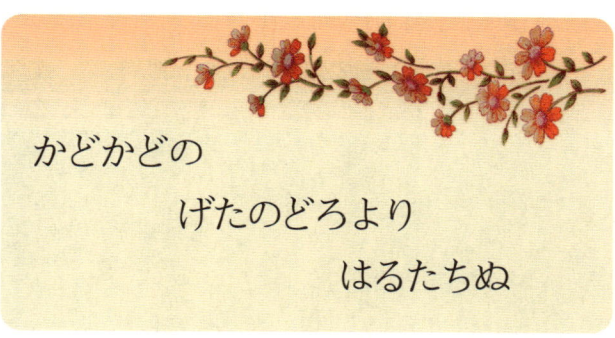

かどかどの
　　げたのどろより
　　　　はるたちぬ

kadokadono getanodoroyori harutachinu

집 앞 나막신의
　진흙으로부터
　　봄이 왔도다

草間に
光りつづける
春の水

高浜虚子

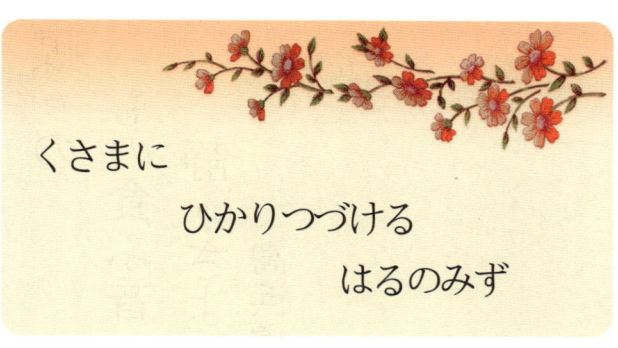

くさまに
　　ひかりつづける
　　　　はるのみず

kusamani hikaritsudzukeru harunomizu

풀잎 사이에
　빛나고 있는
　　봄 물

蝶々の
もの食ふ音の
靜かさよ
高浜虚子

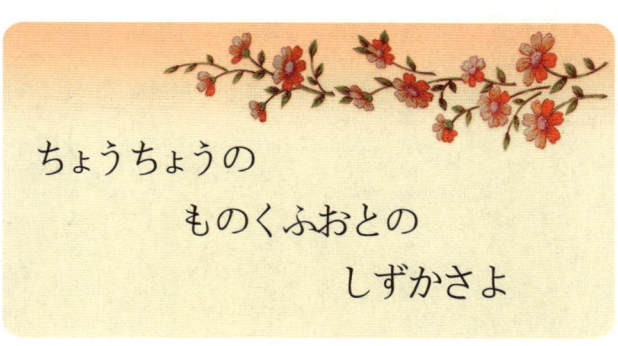

ちょうちょうの
　　ものくふおとの
　　　　しずかさよ

chyōchyōno monokufuotono shizukasayo

나비가
　　먹는 소리의
　　　　조용함이여

一つ根に
離れ浮く葉や
春の水

高浜虚子

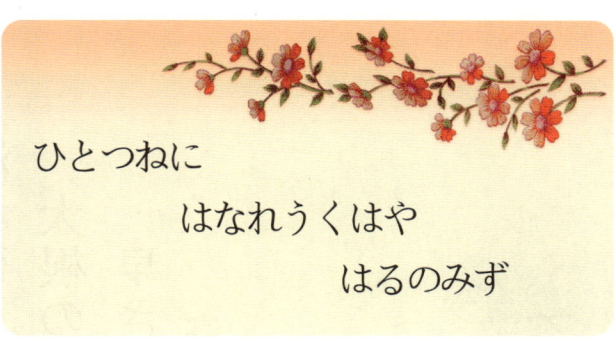

ひとつねに
　　はなれうくはや
　　　　はるのみず

hitotsuneni hanareukuhaya harunomizu

하나의 뿌리에서
떨어져 떠 있는 나뭇잎이여
봄 물

流れ行く
大根の葉の
早さかな
高浜虚子

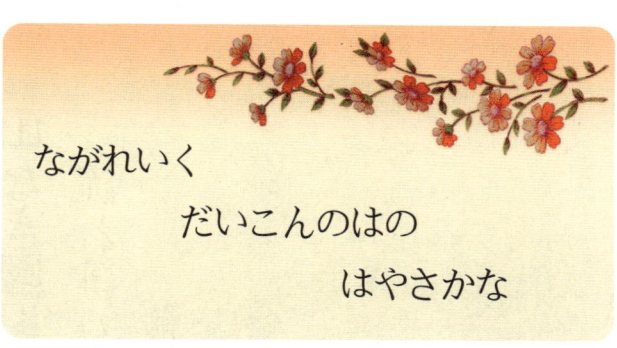

ながれいく
　　だいこんのはの
　　　　はやさかな

nagareiku　daikonnohano　hayasakana

흘러가는
　　무 잎의
　　　　빠르기여

春の水
山なき國を
流れけり

蕪村

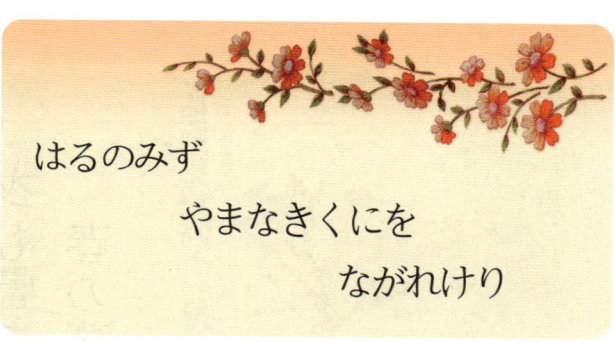

はるのみず
　　やまなきくにを
　　　　ながれけり

harunomizu yamanakikuniwo nagarekeri

봄 물이
　평원을
　　흘러가도다

にほひある
衣も疊まず
春の暮

蕪村

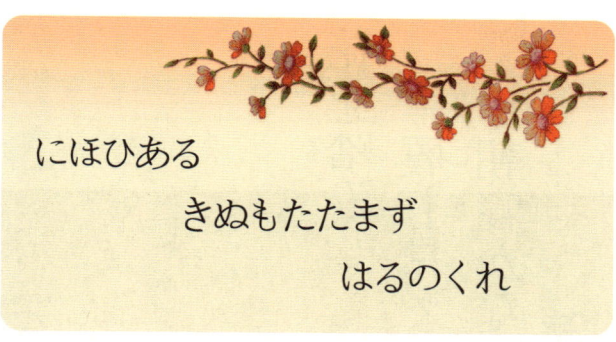

にほひある
　　きぬもたたまず
　　　　はるのくれ

nihohiaru kinumotatamazu harunokure

향기 있는
　　옷도 접지 않고
　　　　늦은 봄

花を踏みし
草履も見えて
朝寝かな

蕪村

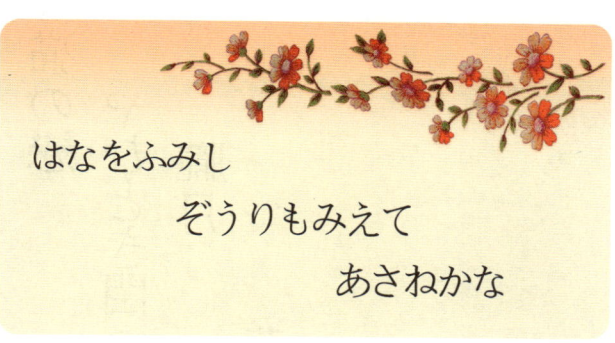

はなをふみし
　　ぞうりもみえて
　　　　あさねかな

hanawofumishi zōrimomiete asanekana

꽃을 밟았던
　　짚신에도 보이고
　　　　늦잠을 자는구나

猫の戀
やむとき閨の
朧月

芭蕉

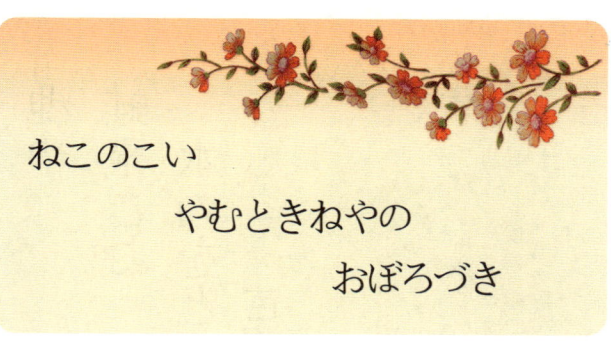

ねこのこい
　　やむときねやの
　　　　おぼろづき

nekonokoi yamutokineyano oborodzuki

고양이의 사랑이
　멈출 때 안방의
　　으스름달

古池や
蛙飛こむ
水のをと
　芭蕉

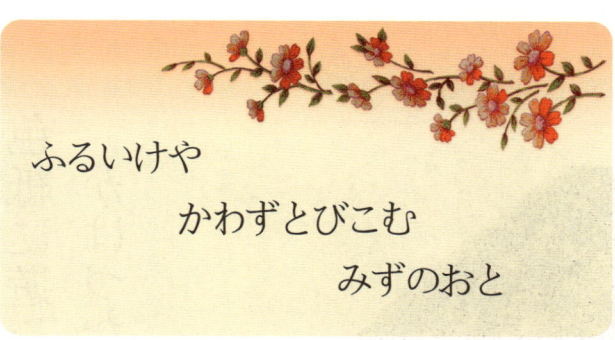

ふるいけや
　　かわずとびこむ
　　　　みずのおと

furuikeya kawazutobikomu mizunooto

오래된 연못이여
　　개구리 뛰어 드는
　　　　물소리

苗代の
色紙に遊ぶ
かはづかな

蕪村

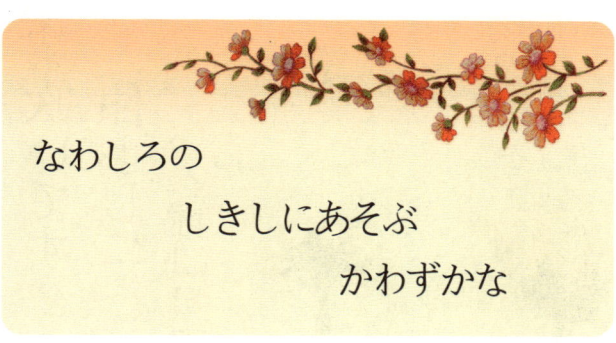

なわしろの
　　しきしにあそぶ
　　　　かわずかな

nawashirono　shikishiniasobu　kawazukana

　色종이
　　못자리에 노니는
　　　개구리인가

蒲公英の
絮吹いてすぐ
仲よしに

堀口星眠

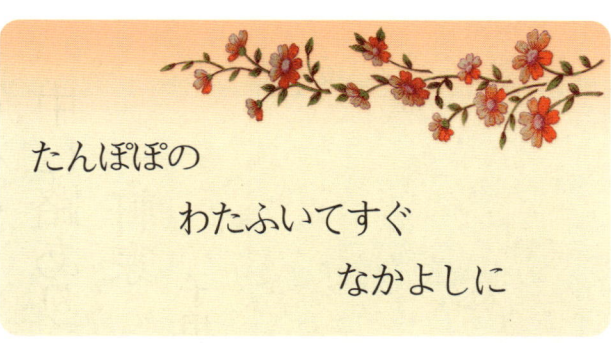

たんぽぽの
　　わたふいてすぐ
　　　　なかよしに

tanpopono watafuitesugu nakayoshini

민들레
　홀씨 날아 곧바로
　　사이좋게

菜の花の
中に路あり
一軒家

子規

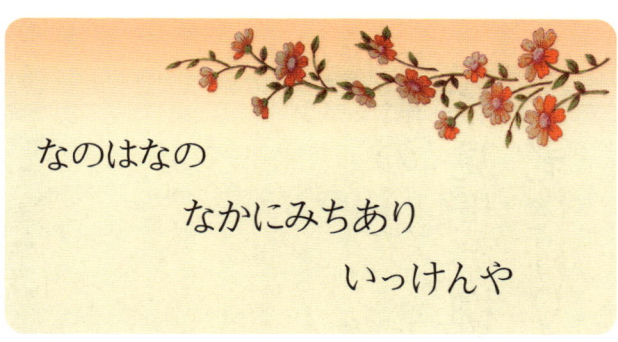

なのはなの
　　なかにみちあり
　　　　いっけんや

nanohanano nakanimichiari ikkenya

유채꽃 속에
　길이 있네
　　집 한 채

一軒の
茶見世の柳
老にけり

蕪村

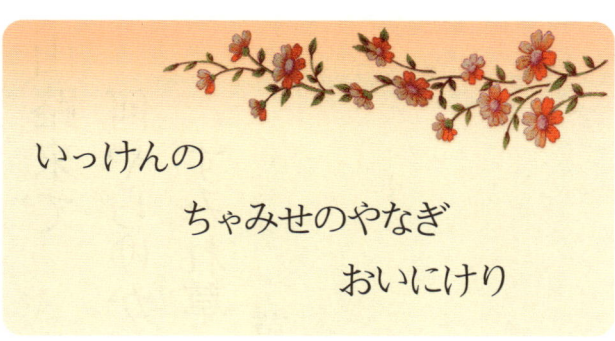

いっけんの
　　　ちゃみせのやなぎ
　　　　　　おいにけり

ikkenno chyamisenoyanagi oinikeri

한 채의
　　찻집 버드나무
　　　　늙었어라

山路來て
何やらゆかし
すみれ草

芭蕉

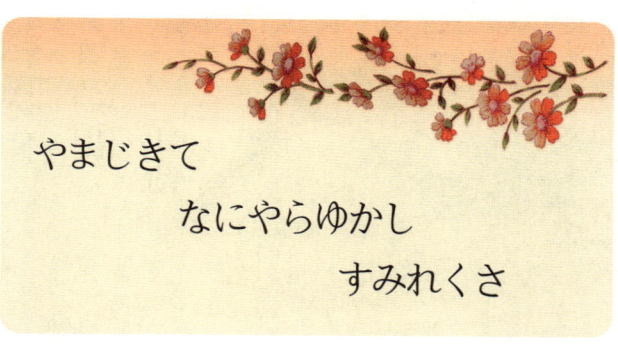

やまじきて
　　なにやらゆかし
　　　　すみれくさ

yamazikite ṅaniyarayukashi sumirekusa

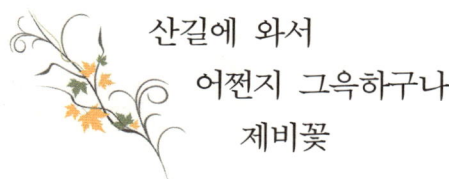

산길에 와서
　어쩐지 그윽하구나
　　제비꽃

古城や
菫花咲く
石の間

子規

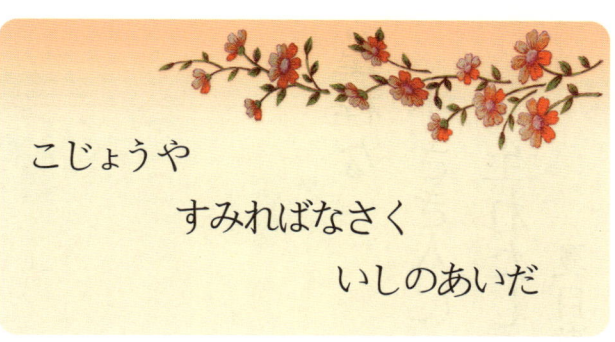

こじょうや
　すみればなさく
　　いしのあいだ

kozyōya sumirebanasaku ishinoaida

옛성이구나
제비꽃 피어있는
돌틈

菫程な
小さき人に
生れたし
　夏目漱石

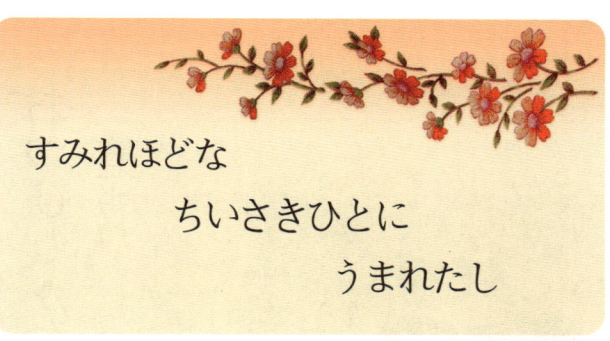

すみれほどな
　　ちいさきひとに
　　　　うまれたし

sumirehodona chiisakihitoni umaretashi

제비꽃만큼
　작은 사람으로
　　태어났구나

地車に
おつぴしがれし
菫哉

一茶

ぢぐるまに
　　おつぴしがれし
　　　　すみれかな

dzigurumani otsupishigareshi sumirekana

수레에
　　짓눌려 시든
　　　　제비꽃인가

町空の
つばくらめのみ
新しや

中村草田男

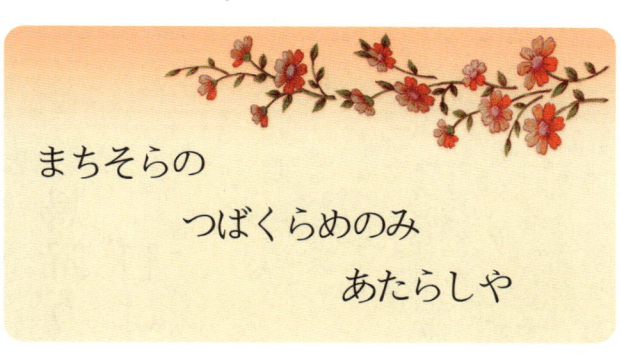

まちそらの
　　つばくらめのみ
　　　　あたらしや

machisorano tsubakuramenomi atarashiya

도회지 하늘의
　　제비만
　　　새롭구나

行くはるや
鳥啼うをの
目は泪

芭蕉

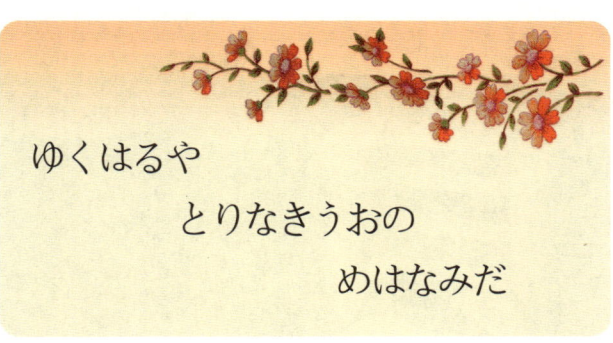

ゆくはるや
　とりなきうおの
　　めはなみだ

yukuharuya torinakiuono mewanamida

가는 봄이여
　새는 울고 물고기
　　눈에는 눈물

하
이
쿠

2
9
수

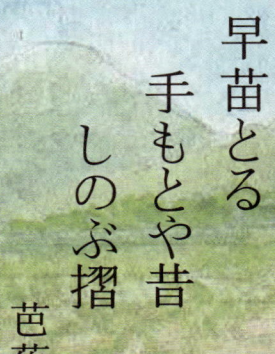

早苗とる
手もとや昔
しのぶ摺

芭蕉

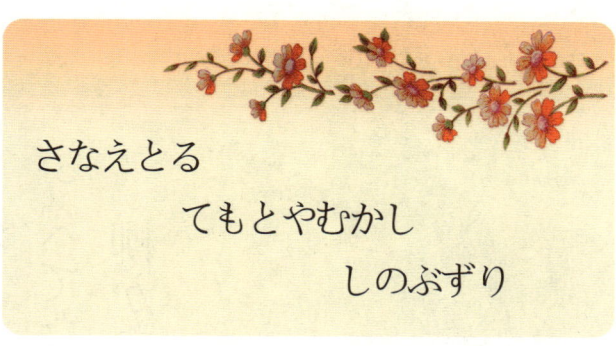

さなえとる
　　てもとやむかし
　　　　しのぶずり

sanaetoru temotoyamukashi shinobuzuri

모내는 손길
　　옛날 베 비비던
　　　　솜씨

田一枚
うへてたちさる
柳かな

芭蕉

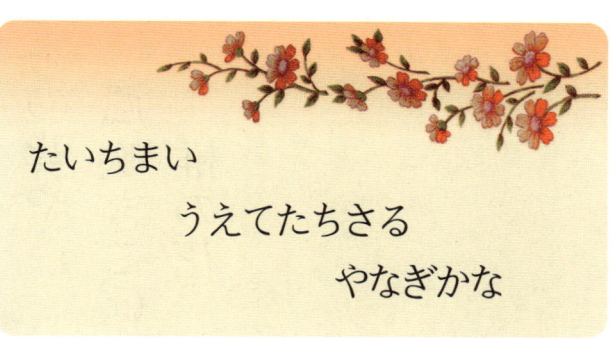

たいちまい
　　うえてたちさる
　　　　　　やなぎかな

taichimai uetetachisaru yanagikana

논에
　모심고 떠나가는
　　　버드나무이구나

馬の背や
風吹きこぼす
椎の花

　子
　規

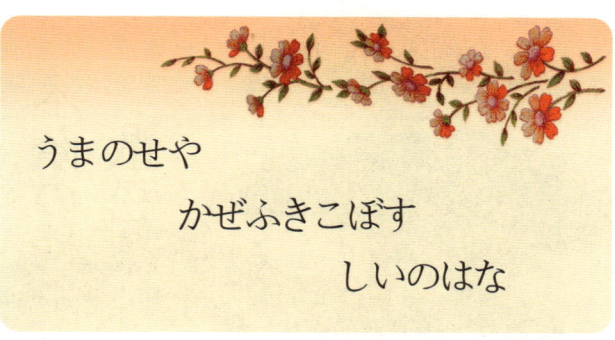

うまのせや
　　かぜふきこぼす
　　　　しいのはな

umanoseya kazefukikobosu shiinohana

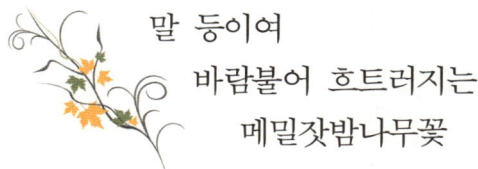

말 등이여
　바람불어 흐트러지는
　　메밀잣밤나무꽃

人もなし
木蔭の椅子の
散松葉

子規

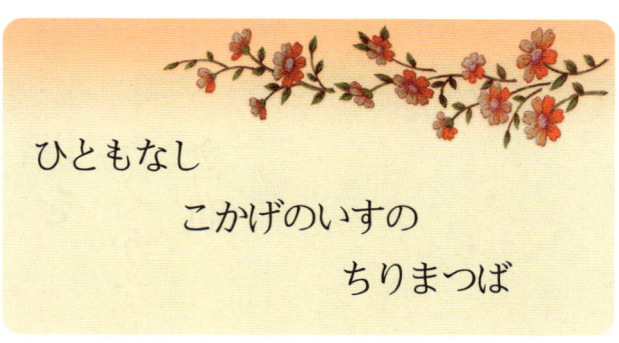

ひともなし
　　こかげのいすの
　　　　ちりまつば

hitomonashi kokagenoisuno chirimatsuba

사람도 없는
　　나무그늘 의자에
　　　흩어진 솔잎

樂に世を
わたるかなかぬ
含血

　　貞德

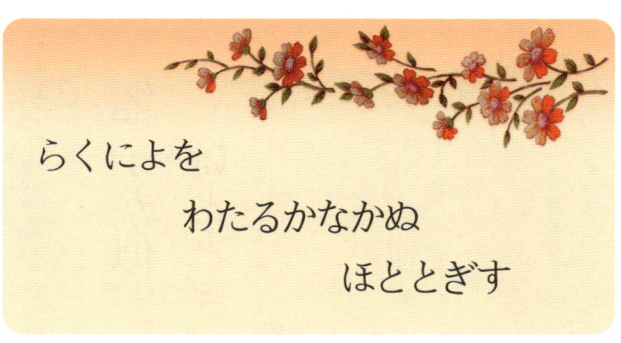

らくによを
　　わたるかなかぬ
　　　　ほととぎす

rakuniyowo watarukanakanu hototogisu

편안하게 세상을
살아가는가 울지 않는
두견새

鶯の
繼子か似ざる
ほととぎす
　重賴

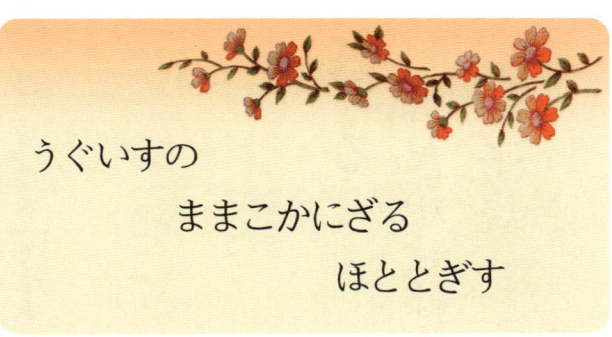

うぐいすの
　　ままこかにざる
　　　　ほととぎす

uguisuno mamakokanizaru hototogisu

휘파람새의
　　의붓자식인가 닮지 않은
　　　　두견새

哀なる
事きかせばや
子規

貞徳

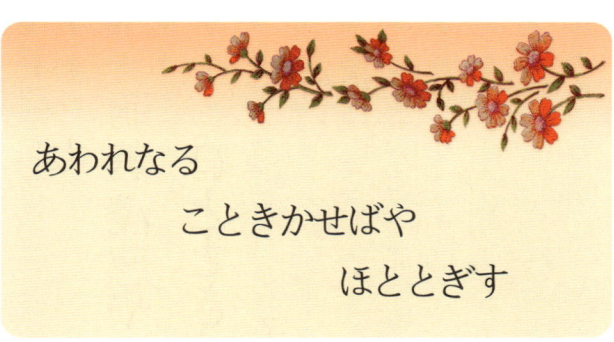

あわれなる
　こときかせばや
　　ほととぎす

awarenaru　kotokikasebaya　hototogisu

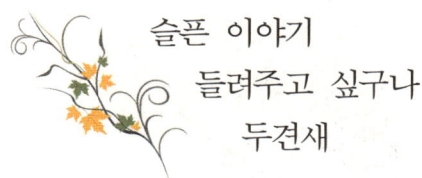

슬픈 이야기
　들려주고 싶구나
　　두견새

山々は
萌黄淺葱や
ほととぎす

子規

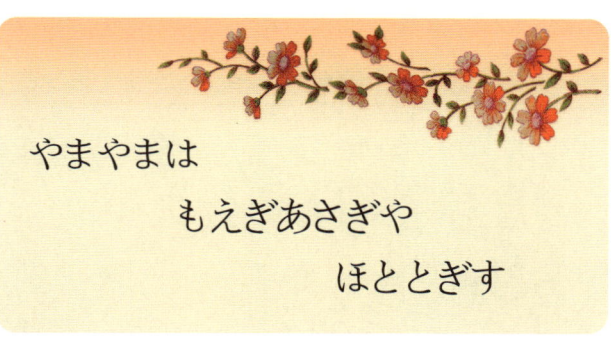

やまやまは
　　もえぎあさぎや
　　　　ほととぎす

yamayamawa moegiasagiya hototogisu

산들은
　　연두빛 옅은 남빛이여
　　　　두견새

歩きながらに
傘ほせば
ほととぎす

一茶

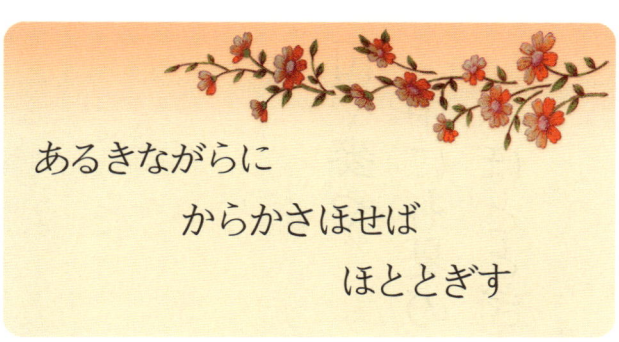

あるきながらに
　　からかさほせば
　　　　ほととぎす

arukinagarani karakasahoseba hototogisu

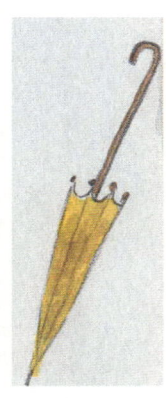

걸으면서
　　우산 말리니
　　　두견새

田や麦や
中にも夏の
ほととぎす

芭蕉

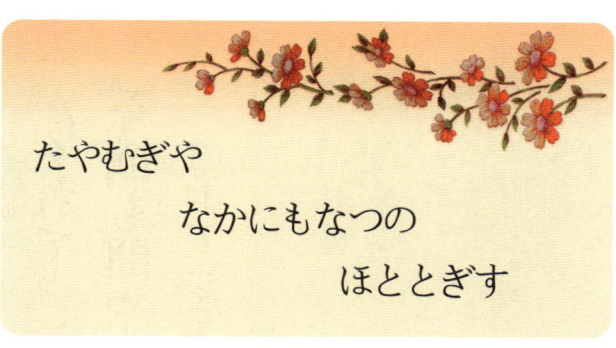

たやむぎや
　　なかにもなつの
　　　　ほととぎす

tayamugiya nákanimonatsuno hototogisu

논이랑 보리랑
　그 속에도 여름의
　　두견새

木がくれて
茶摘も聞や
ほととぎす

芭蕉

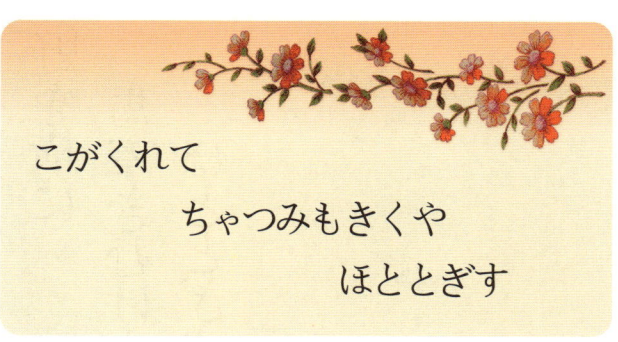

こがくれて
　　ちゃつみもきくや
　　　　ほととぎす

kogakurete chyatsumimokikuya hototogisu

나무에 가려져
　　차 잎을 따는 이도 듣는구나
　　　　두견새

野を横に
馬牽きむけよ
ほととぎす

芭蕉

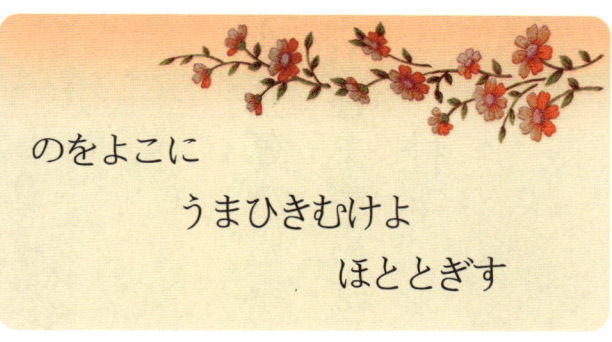

のをよこに
　　うまひきむけよ
　　　　ほととぎす

nowoyokoni umahikimukeyo hototogisu

들판을 가로질러
말머리 돌려다오
두견새

烏賊賣の
聲まぎらはし
杜宇

　芭蕉

い〜か
　　い〜〜
　　　か〜〜〜

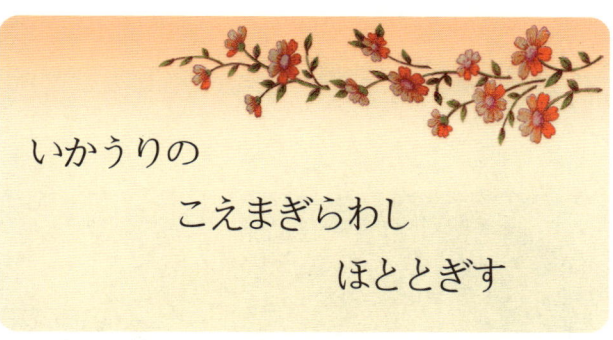

いかうりの
　　こえまぎらわし
　　　　ほととぎす

ikaurino　koemagirawashi　hototogisu

오징어 파는 이의
목소리 헷갈리는
두견새

さみだれや
大河を前に
家二軒

蕪村

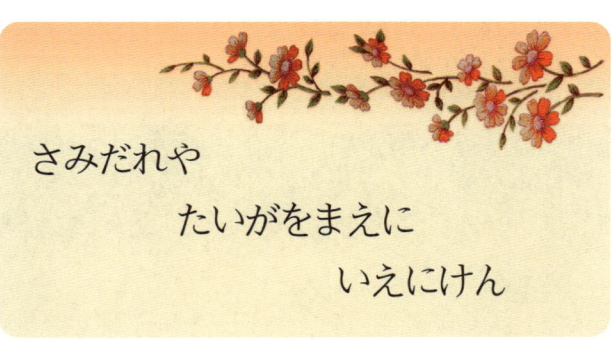

さみだれや
　　たいがをまえに
　　　　いえにけん

samidareya taigawomaeni ieniken

오월비여
　　큰 강을 앞에 두고
　　　집 두 채

夕立や
人聲こもる
温泉の煙

子規

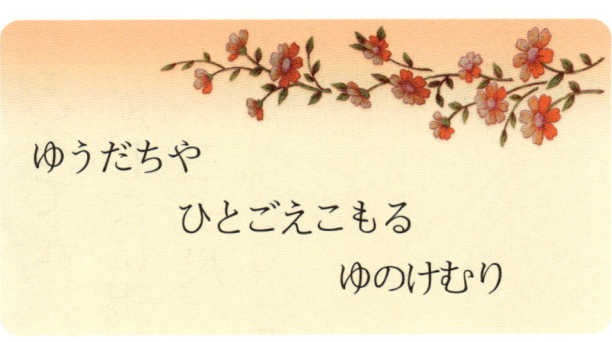

ゆうだちや
　　ひとごえこもる
　　　　ゆのけむり

yūdachiya hitogoekomoru yunokemuri

소나기구나
　사람소리 깃드는
　　온천 연기

ところてん
逆しまに銀河
三千尺

蕪村

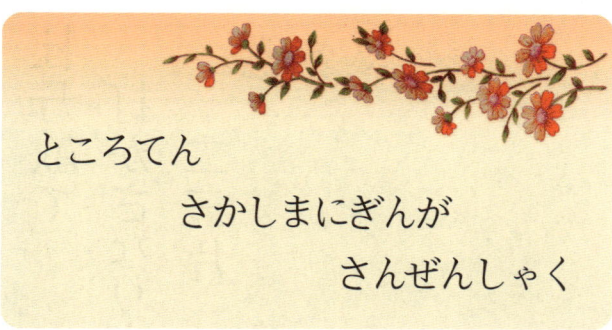

ところてん
　　さかしまにぎんが
　　　　さんぜんしゃく

tokoroten sakashimaniginga sanzensyaku

우무
　거꾸로 한 모습에 은하
　삼천 척

牡丹散て
打かさなりぬ
二三片

蕪村

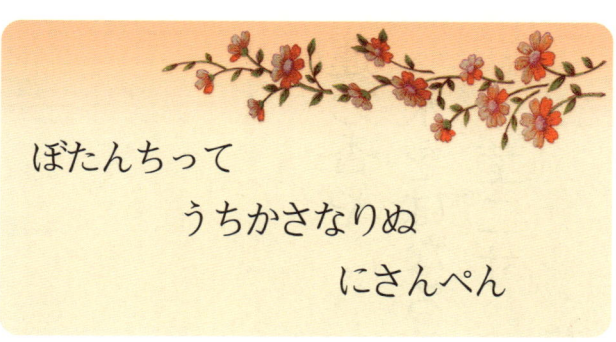

ぼたんちって
　　うちかさなりぬ
　　　　にさんぺん

botanchitte uchikasanarinu nisanpen

모란꽃 떨어져
겹쳐져 있는
두 세 잎

蓮の香や
水をはなるる
茎二寸

　蕪村

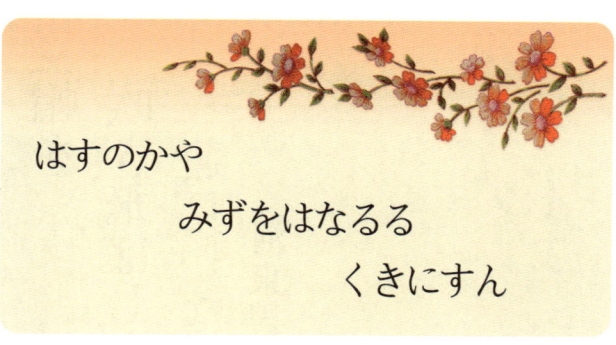

はすのかや
　　みずをはなるる
　　　　くきにすん

hasunokaya mizuwohanaruru kukinisun

연꽃 향기여
　물을 벗어난
　　줄기 육센치

夏帽を
吹き飛ばしたる
蓮見かな

河東碧梧桐

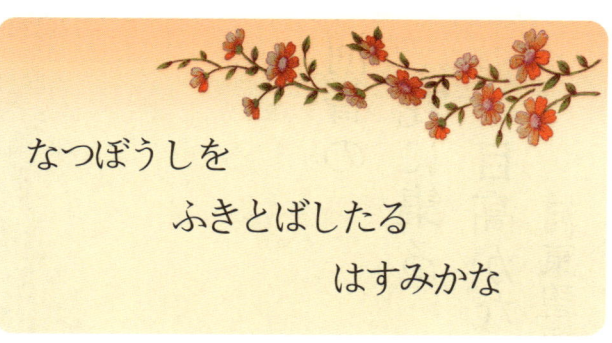

なつぼうしを
　　ふきとばしたる
　　　　はすみかな

natsubōshiwo fukitobashitaru hasumikana

여름 모자를
　　날려 보낸
　　　　연꽃구경이여

河骨の
花に集る
目高かな
河東碧梧桐

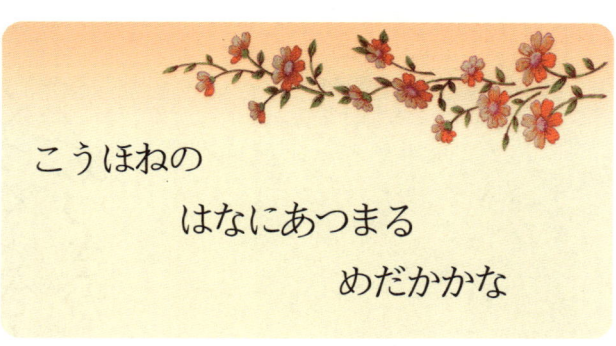

こうほねの
　　はなにあつまる
　　　　めだかかな

kōhoneno hananiatsumaru medakakana

개연꽃에
　모인
　　송사리인가

穀直段
くつくとさがる
あつさかな

一茶

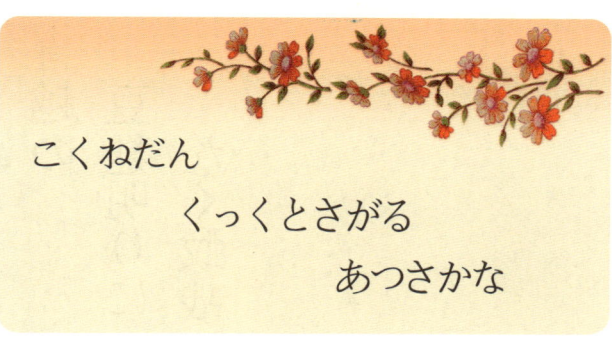

こくねだん
　　くっくとさがる
　　　　あつさかな

kokunedan kukkutosagaru atsusakana

곡물 가격
　자꾸 떨어지는
　　더위이구나

宵越の
豆麩明りに
なく蚊哉

一茶

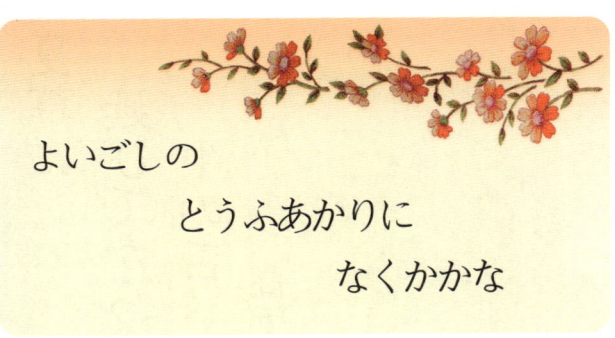

よいごしの
　　とうふあかりに
　　　　なくかかな

yoigoshino tōfuakarini nakukakana

　　하룻밤 넘긴
　　　두부 불빛에
　　　　우는 모기여

夏草に
延びてからまる
牛の舌

高浜虚子

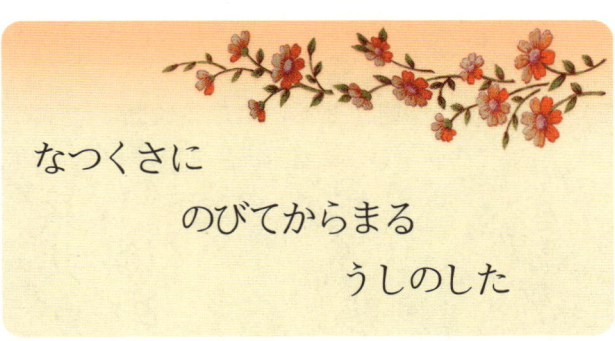

なつくさに
　　のびてからまる
　　　　うしのした

natsukusani nobitekaramaru ushinoshita

여름풀에
　　늘어져 휘감기는
　　　　소의 혀

夏草や
兵共が
ゆめの跡

芭蕉

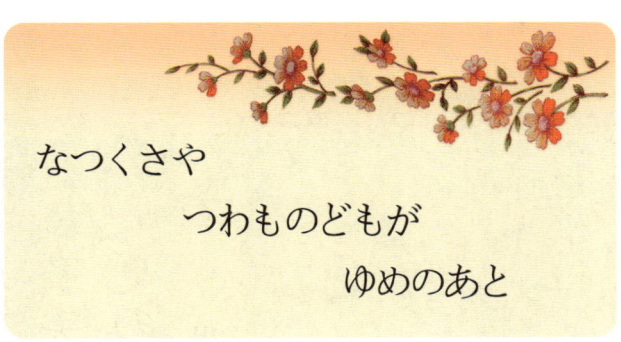

なつくさや
　　つわものどもが
　　　　ゆめのあと

natsukusaya tsuwamonodomoga yumenoato

여름 풀이여
　　무사들의
　　　　꿈꾸던 자취

浦邊來れば
裏峯尖りや
夏の月

河東碧梧桐

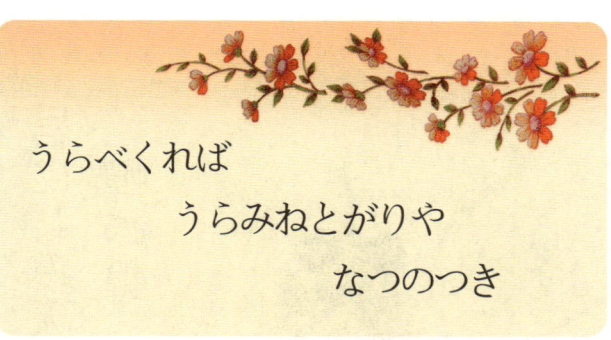

うらべくれば
　うらみねとがりや
　　なつのつき

urabekureba uraminetogariya natsunotsuki

바닷가에 오면
　해변 산봉우리 뾰족하여라
　　여름 달

閑かさや
岩にしみ入る
蝉の聲

芭蕉

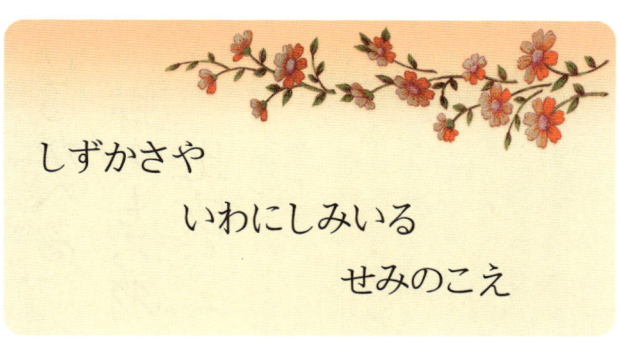

しずかさや
　　いわにしみいる
　　　　せみのこえ

shizukasaya iwanishimiiru seminokoe

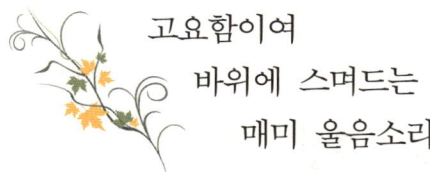

고요함이여
　바위에 스며드는
　　매미 울음소리

ひるがへる
蟬のもろ羽や
比枝おろし

蕪村

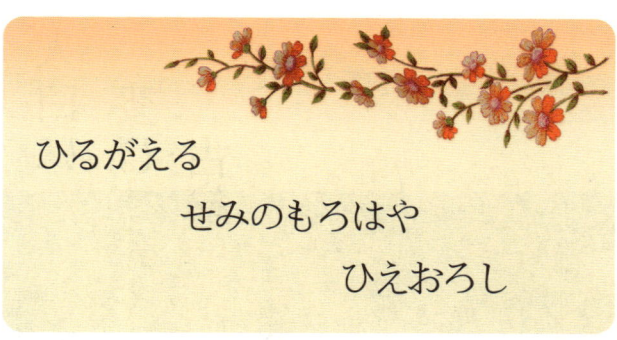

ひるがえる
　　せみのもろはや
　　　　ひえおろし

hirugaeru seminomorohaya hieoroshi

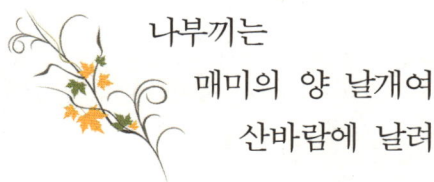

나부끼는
　매미의 양 날개여
　　산바람에 날려

入口に
麥ほす家や
古簾

子規

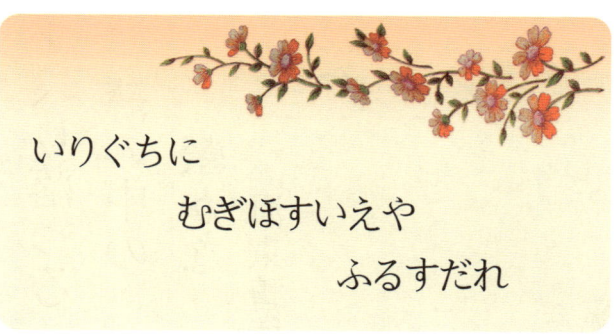

いりぐちに
　　むぎほすいえや
　　　　ふるすだれ

iriguchini mugihosuieya furusudare

입구에
　　보리 말리는 집이여
　　　　낡은 발

すべり落つる
薄の中の
螢かな

河東碧梧桐

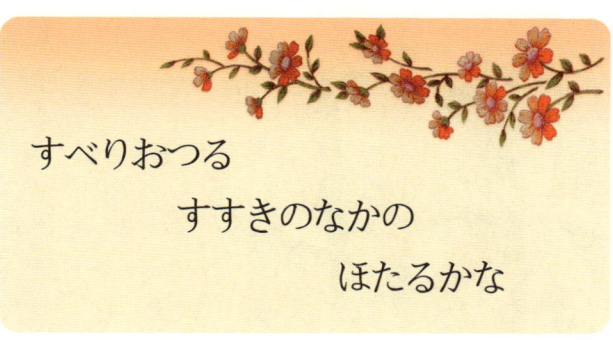

すべりおつる
　　すすきのなかの
　　　　　ほたるかな

suberiotsuru susukinonakano hotarukana

미끄러져 떨어지는
　참억새 속의
　　반딧불이구나

하이쿠

39수

涼風の
曲りくねつて
來たりけり

　　一茶

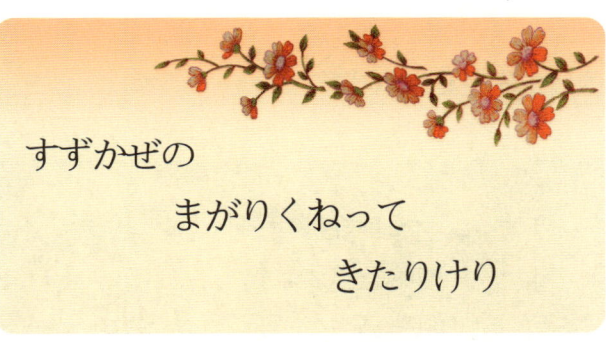

すずかぜの
　　まがりくねって
　　　　　きたりけり

suzukazeno magarikunette kitarikeri

시원한 바람이
　　구불구불 구부러져
　　　　　왔도다

どこ見ても
涼し神の燈
佛の燈

子規

どこみても
　　すずしかみのとう
　　　　ほとけのとう

dokomitemo suzushikaminotō hotokenotō

어디를 보아도
　　서늘한 신의 등불
　　　　부처의 등불

朝霧や
村千軒の
市の音

蕪村

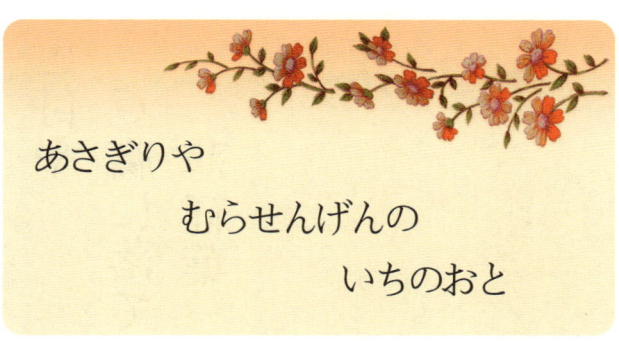

あさぎりや
　　むらせんげんの
　　　　いちのおと

asagiriya murasengenno ichinooto

아침 안개여
　마을 집 천 채의
　　시장 소리

色付や
豆腐に落て
薄紅葉

芭蕉

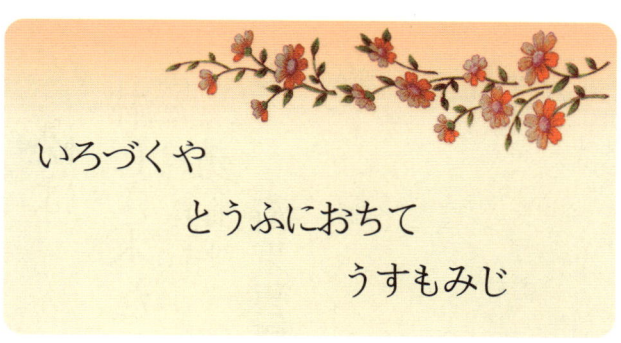

いろづくや
　　とうふにおちて
　　　　うすもみじ

irodzukuya tōfuniochite usumomizi

물들었구나
두부에 떨어져
옅은 단풍잎

から松は
淋しき木なり
赤蜻蛉
河東碧梧桐

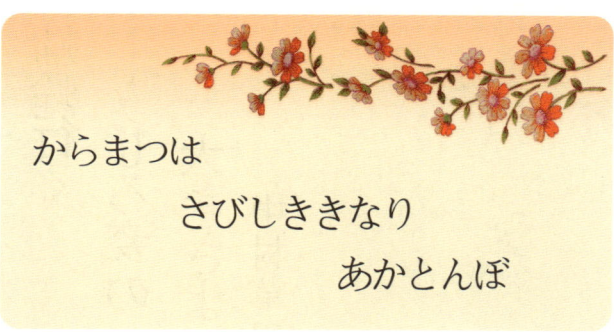

からまつは
　　さびしききなり
　　　　あかとんぼ

karamatsuwa sabishikikinari akatonbo

낙엽송은
　　쓸쓸한 나무가 되고
　　　　고추잠자리

蜻蛉行く
うしろ姿の
大きさよ
中村草田男

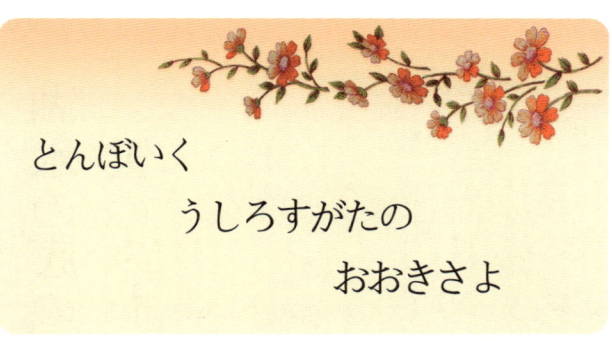

とんぼいく
　　うしろすがたの
　　　　おおきさよ

tonboiku ushirosugatano ōkisayo

잠자리 날아가는
　뒷모습의
　　큼이여

しづかさや
湖水の底の
雲のみね

一茶

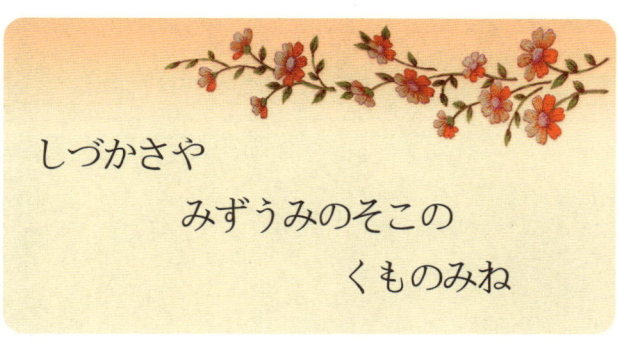

しづかさや
　　みずうみのそこの
　　　　くものみね

shidzukasaya mizuuminosokono umonomine

한적함이여
　　호수 바닥의
　　　　산봉우리 구름

見あぐるや
湖水の上の
月一つ

子規

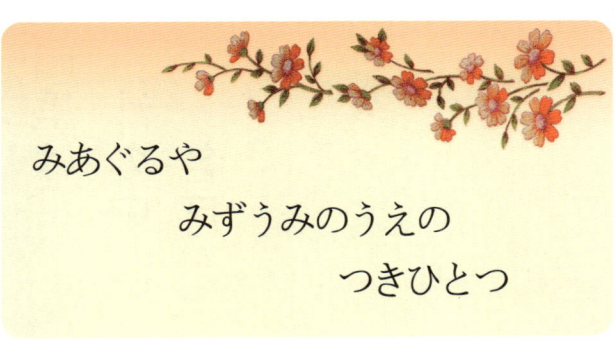

みあぐるや
　　みずうみのうえの
　　　　つきひとつ

miaguruya　mizunoueno　tsukihitotsu

우러러 보는구나
　　호수 위의
　　　　달 하나

山里は
汁の中迄
名月ぞ

一茶

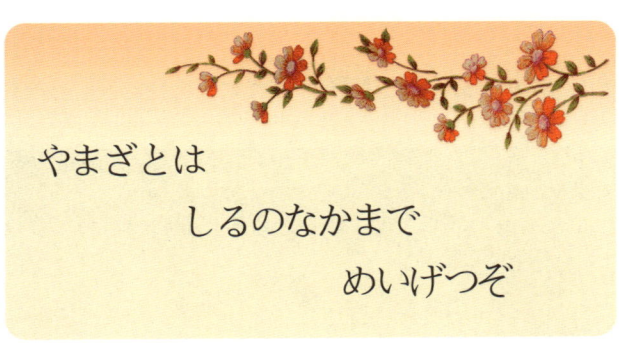

やまざとは
　　しるのなかまで
　　　　めいげつぞ

yamazatowa shirunonakamade mēgetsuzo

산마을은
국 안에까지
명월이도다

名月や
門にさし來ル
潮がしら

芭蕉

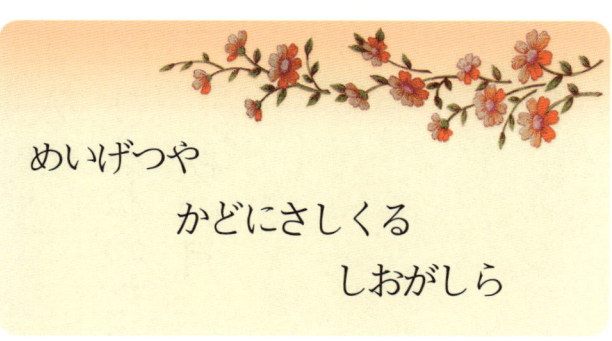

めいげつや
　　かどにさしくる
　　　　しおがしら

mēgetsuya kadonisashikuru shiogashira

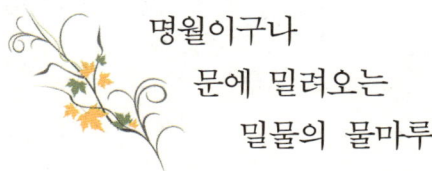

명월이구나
문에 밀려오는
밀물의 물마루

皆人の
ひるねのたねや
秋の月

　貞徳

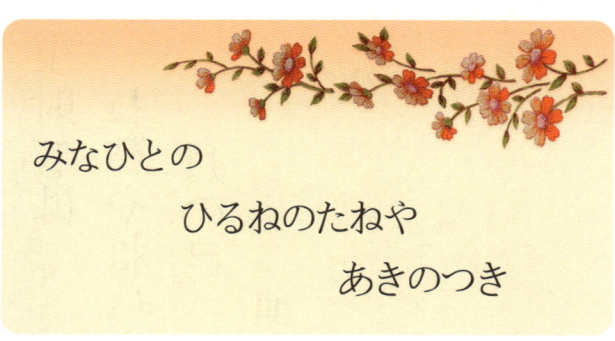

みなひとの
　　ひるねのたねや
　　　　あきのつき

minahitono hirunenotaneya akinotsuki

모두가
　낮잠 자는 원인이구나
　　가을 달

夜射るは
ね鳥やねらふ
月の弓
　　貞徳

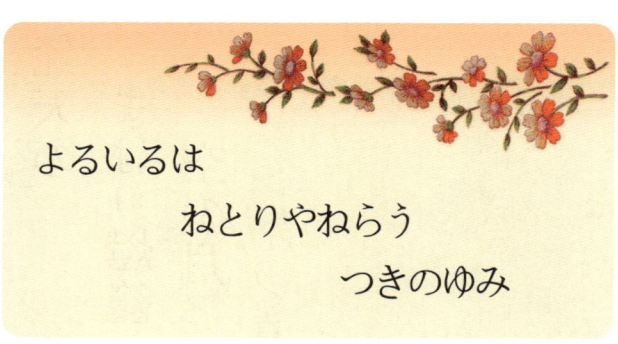

よるいるは
　　ねとりやねらう
　　　　つきのゆみ

yoruiruwa n̈etoriyanerau tsukinoyumi

저녁 활을 쏘는 것은
잠든 새를 노리는
초승달

梵天の
まはり燈籠か
空の月
　　貞徳

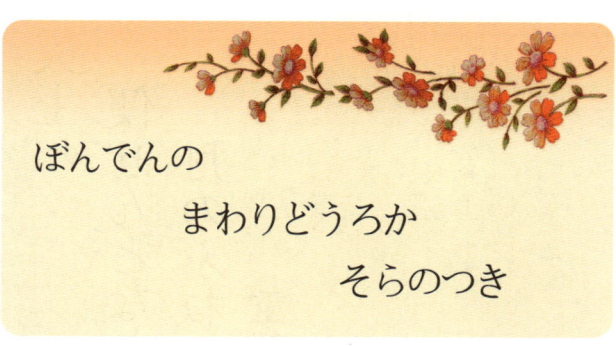

ぼんでんの
　　まわりどうろか
　　　　そらのつき

bondenno　mawaridōroka　soranotsuki

범천의
　　회전등인가
　　　하늘의 달

天上へ
便せんとなれ
月のふね
　　重頼

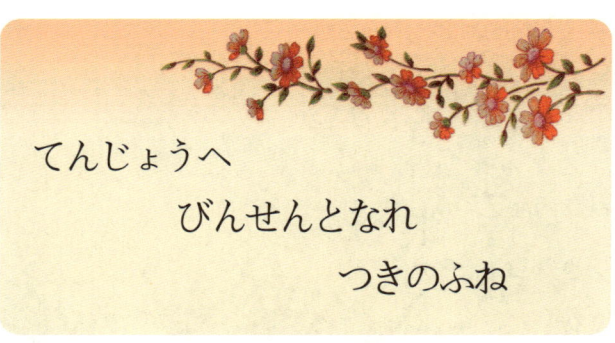

てんじょうへ
　びんせんとなれ
　　つきのふね

tenzyōe　binsentonare　tsukinofune

천상으로 가는
배편이 되어라
초승달

庭の砂も
皆白銀の
月夜哉

貞徳

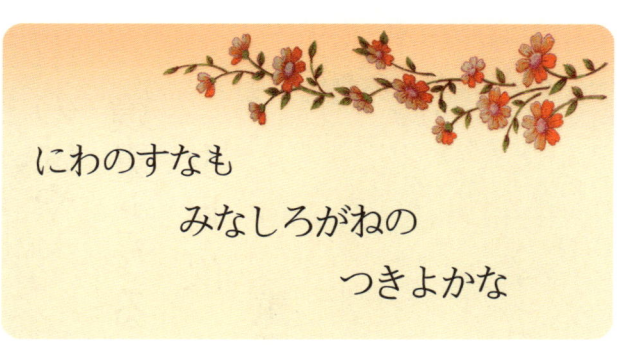

にわのすなも
　みなしろがねの
　　　つきよかな

niwanosunamo minashiroganeno tsukiyokana

정원의 모래도
모두 은백의
달밤이구나

山のはや
鏡臺となる
夕月夜

重賴

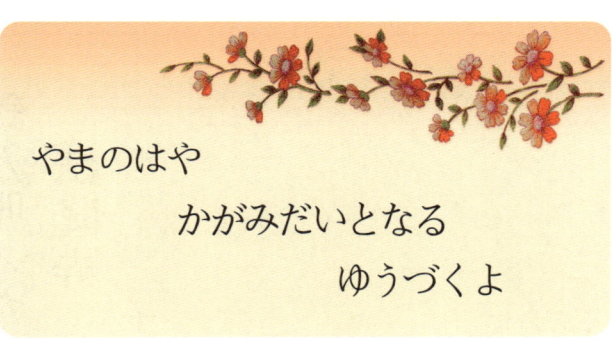

やまのはや
　かがみだいとなる
　　ゆうづくよ

yamanohaya kagamidaitonaru yūdzukuyo

산기슭이여
　경대가 되는
　　초저녁달

柿くへば
鐘が鳴るなり
法隆寺

子規

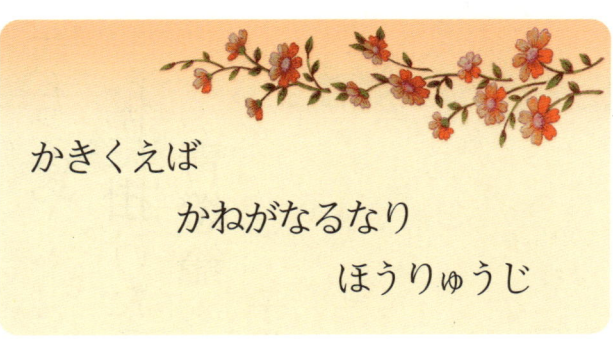

かきくえば
　　かねがなるなり
　　　　ほうりゅうじ

kakikueba kaneganarunari hōryūzi

감을 먹으면
　종이 울리네
　　법륭사

萩ちるや
檐に掛けたる
青燈籠

子規

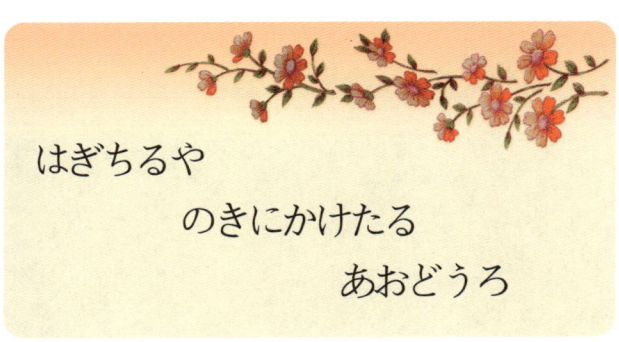

はぎちるや
　のきにかけたる
　　　あおどうろ

hagichiruya nokinikaketaru aodōro

싸리나무 지는구나
　처마에 걸려있는
　　　푸른 불빛

浪の間や
小貝にまじる
萩の塵

芭蕉

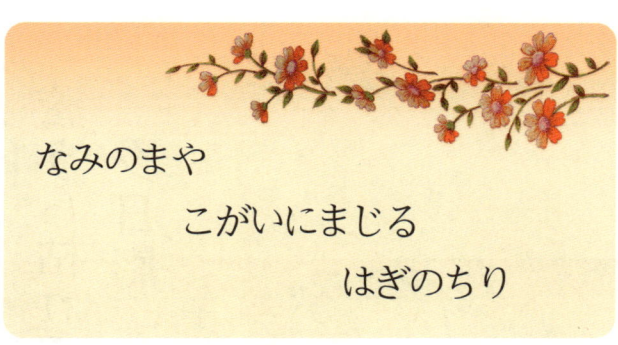

なみのまや
　　こがいにまじる
　　　　はぎのちり

naminomaya kogainimaziru haginochiri

파도 사이여
　조가비에 섞이는
　　싸리꽃 조각

水鳥や
蘆うら枯れて
夕日影

子規

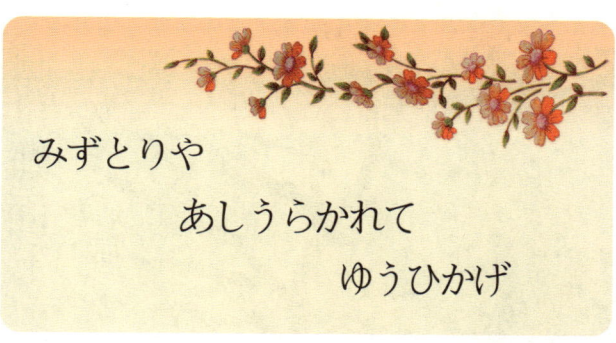

みずとりや
　あしうらかれて
　　　ゆうひかげ

mizutoriya ashiurakarete yūhikage

물새여
　갈대 해변 시들고
　　저녁 노을빛

あかあかと
日は難面も
あきの風

芭蕉

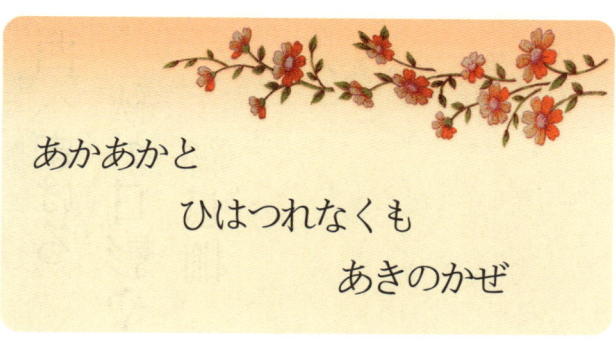

あかあかと
　　ひはつれなくも
　　　　あきのかぜ

akaakato hiwatsurenakumo akinokaze

따가운
　햇살은 변함없이
　　가을 바람

西へまはる
秋の日影や
絲瓜棚

　　子規

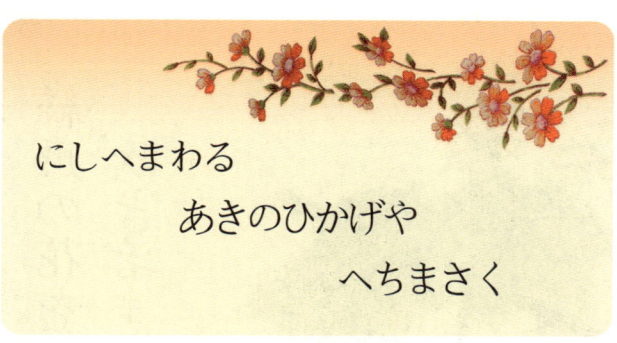

にしへまわる
　あきのひかげや
　　へちまさく

nishiemawaru akinohikageya hechimasaku

서쪽으로 돌아가는
　가을 해여
　　수세미 울타리

秋風や
絲瓜の花を
吹き落す

子規

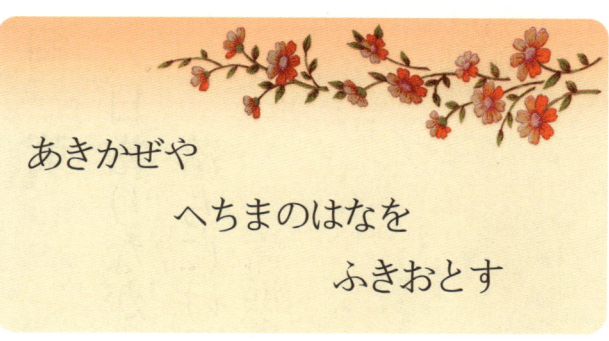

あきかぜや
　へちまのはなを
　　ふきおとす

akikazeya hechimanohanawo fukiotosu

가을 바람이여
　수세미꽃을
　　불어 떨어뜨리네

桐一葉
日當りながら
落ちにけり

高浜虚子

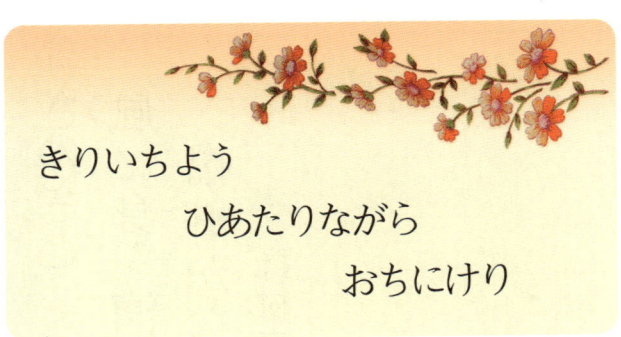

きりいちよう
　　ひあたりながら
　　　　おちにけり

kiriichiyō hiatarinagara ochinikeri

오동나무 한 잎
　햇살 받으며
　　떨어지도다

ゆさゆさと
風に身を漕ぐ
蟷螂かな
　　野村喜舟

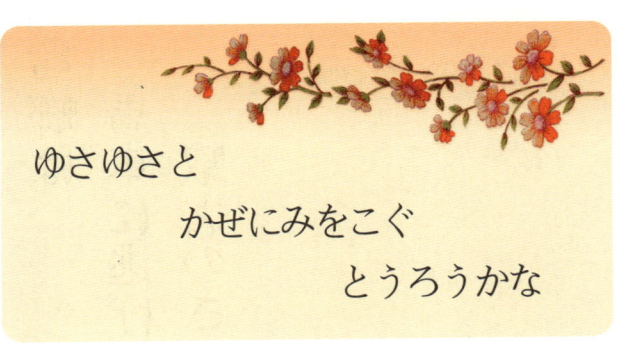

ゆさゆさと
　　かぜにみをこぐ
　　　　とうろうかな

yusayusato kazenimiwokogu tōrōkana

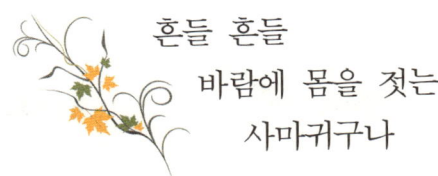

흔들 흔들
바람에 몸을 젓는
사마귀구나

蟷螂は
馬車に逃げられし
馭者のさま

中村草田男

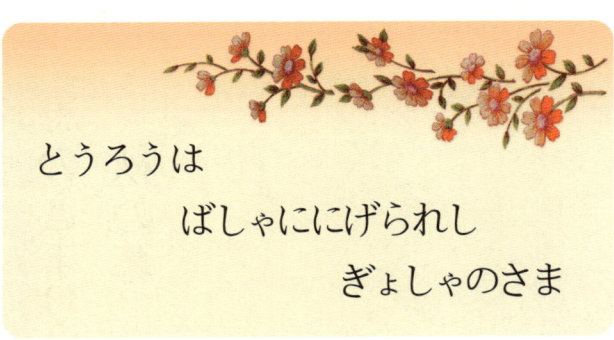

とうろうは
　　ばしゃににげられし
　　　　ぎょしゃのさま

tōrōwa basyaninigerareshi gyosyanosama

사마귀는
　　마차를 피한
　　　　마부의 모습

かれ朶に
烏のとまりけり
秋の暮

芭蕉

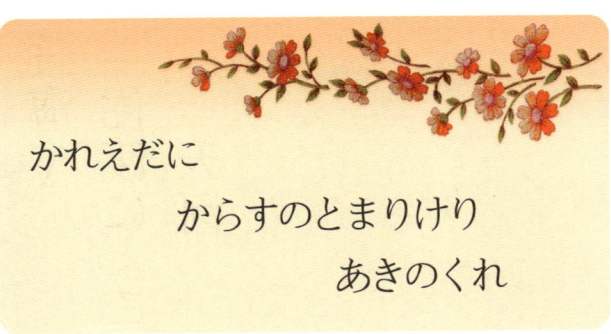

かれえだに
　　　からすのとまりけり
　　　　　　あきのくれ

kareedani karasunotomarikeri akinokure

마른 가지에
　까마귀 머물러 있도다
　　가을 해질 녘

荒海や
佐渡によこたふ
天河

　　芭蕉

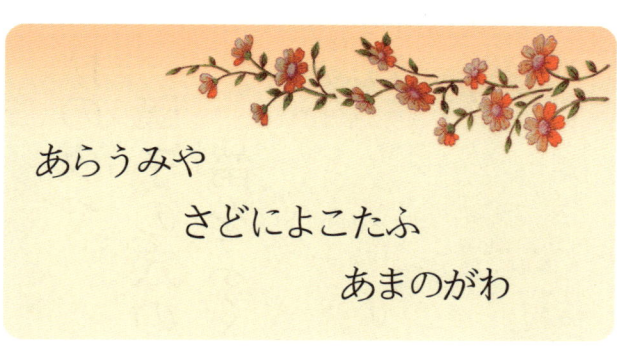

あらうみや
　さどによこたふ
　　あまのがわ

araumiya sadoniyokotau amanogawa

거친 바다여
　사도섬을 가로지르는
　　은하수

秋の夜や
障子の穴の
笛をふく

一茶

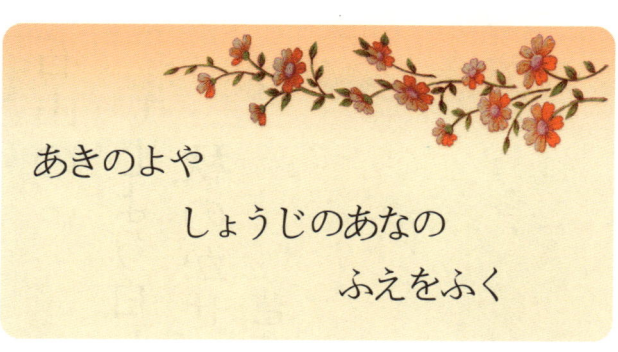

あきのよや
　　しょうじのあなの
　　　　ふえをふく

akinoyoya　syōzinoanano　fuewofuku

가을밤이여
　장지문 구멍이
　　피리를 부네

石山の
いしより白し
秋のかぜ
　　芭蕉

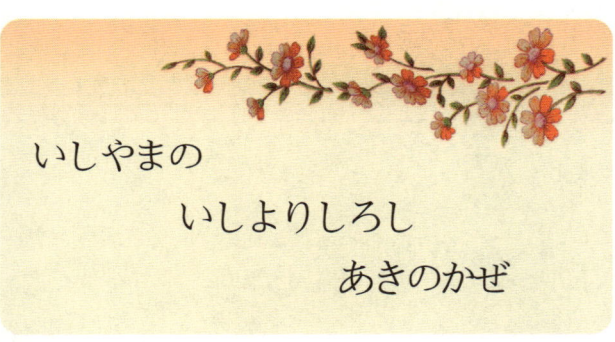

いしやまの
　　いしよりしろし
　　　　あきのかぜ

ishiyamano ishiyorishiroshi akinokaze

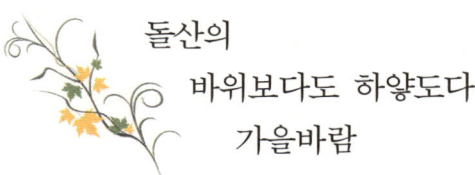

돌산의
　　바위보다도 하얗도다
　　　가을바람

塚もうごけ
我泣こゑは
秋の風

芭蕉

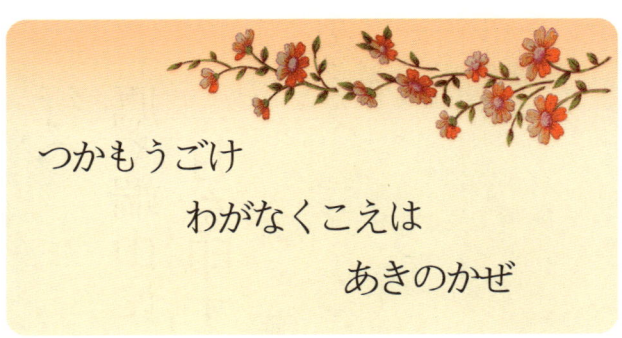

つかもうごけ
　わがなくこえは
　　あきのかぜ

tsukamougoke waganakukoewa akinokaze

무덤도 움직여라
　나의 울음소리는
　　가을바람

一行の
鴈や端山に
月を印す

蕪村

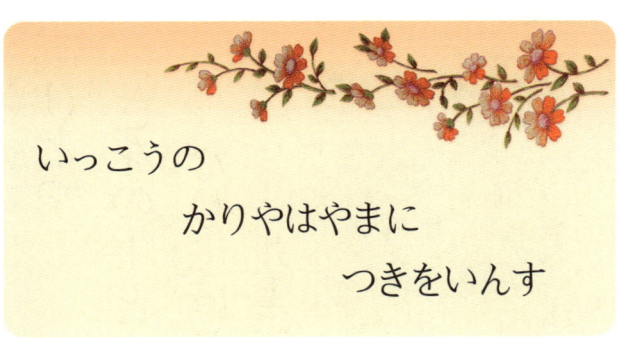

いっこうの
　　かりやはやまに
　　　　つきをいんす

ikkōno　kariyahayamani　tsukiwoinsu

일행의
　　기러기 서산에
　　　　달을 가리킨다

鴉ひとつ
さをの雫と
なりにけり
井上士朗

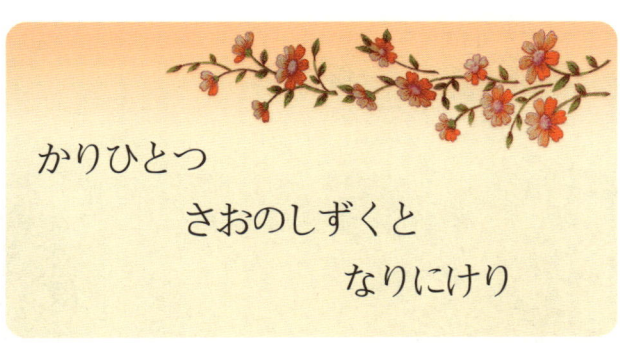

かりひとつ
　　さおのしずくと
　　　　なりにけり

karihitotsu saonoshizukuto narinikeri

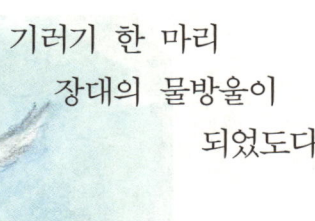

기러기 한 마리
　장대의 물방울이
　　　되었도다

病鴈の
夜さむに落て
旅ね哉

芭蕉

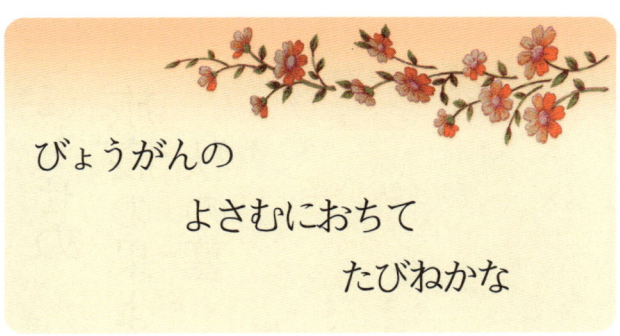

びょうがんの
　　よさむにおちて
　　　　たびねかな

byōganno yosamuniochite tabinekana

병든 기러기
　밤 추위에 떨어져
　　객지 잠인가

しにもせぬ
旅寝の果よ
秋の暮

芭蕉

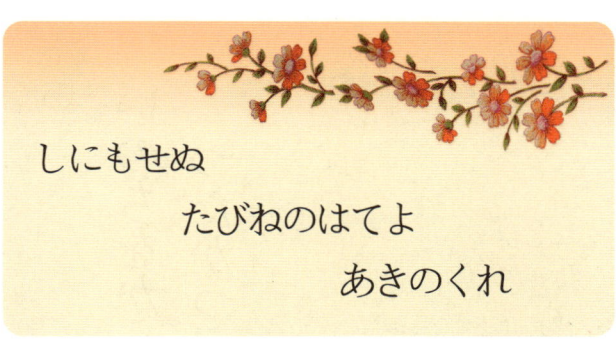

しにもせぬ
　　たびねのはてよ
　　　　あきのくれ

shinimosenu tabinenohateyo akinokure

죽지도 않는
　　객지 잠의 끝이여
　　　　가을 해질 녘

棧や
いのちをからむ
つたかづら

芭蕉

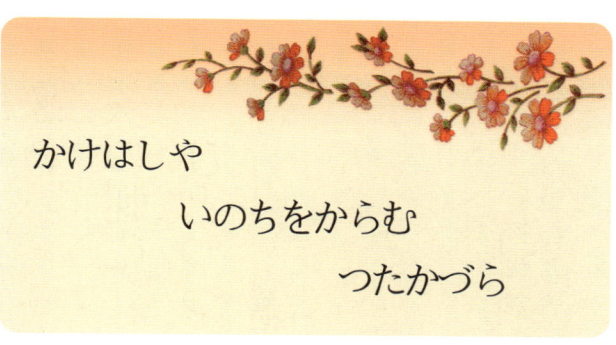

かけはしや
　　いのちをからむ
　　　　つたかづら

kakehashiya inochiwokaramu tsutakadzura

나무다리여
　목숨을 휘감는
　　담쟁이덩굴

白露や
茨の刺に
ひとつづつ
　　蕪村

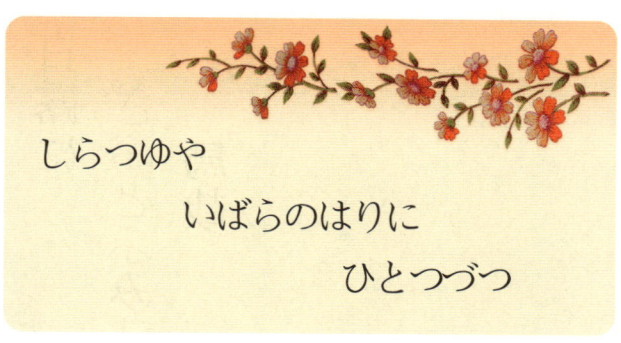

しらつゆや
　　いばらのはりに
　　　　ひとつづつ

shiratsuyuya ibaranoharini hitotsudzutsu

흰 이슬이여
찔레꽃 가시에
하나씩

白露に
ざぶとふみ込む
鳥哉

　　　一茶

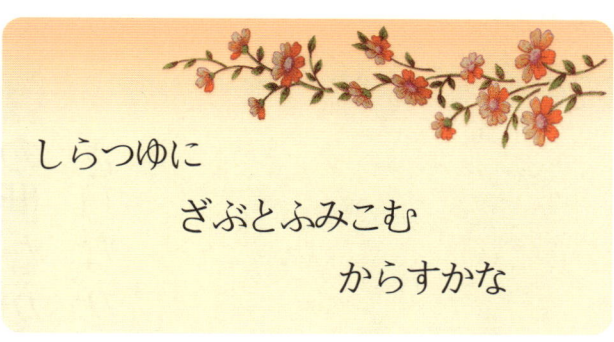

しらつゆに
　　ざぶとふみこむ
　　　　からすかな

shiratsuyuni zabutofumikomu karasukana

흰 이슬에
　　첨벙 내딛는
　　　　까마귀인가

露の世は
露の世ながら
さりながら

　一茶

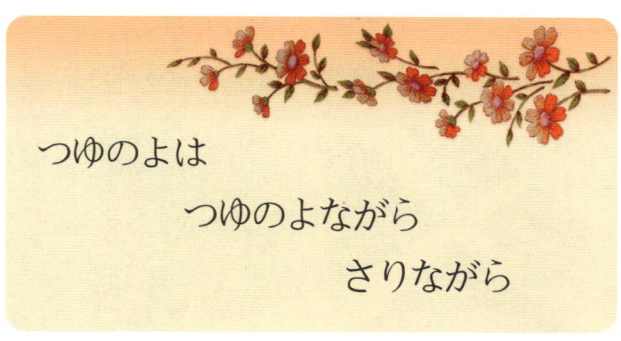

つゆのよは
　　つゆのよながら
　　　　さりながら

tsuyunoyowa tsuyunoyonagara sarinagara

이슬같은 세상은
　　덧없는 세상이지만
　　　　그렇지만

하이쿠 12수

海くれて
鴨のこゑ
ほのかに白し

芭蕉

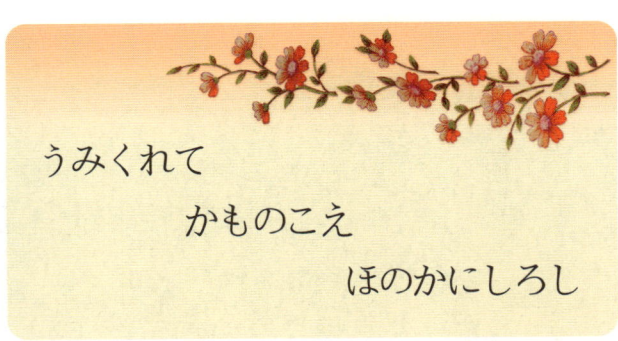

うみくれて
　　かものこえ
　　　　ほのかにしろし

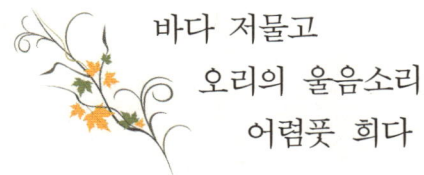

umikurete　kamonokoe　honokanishiroshi

바다 저물고
　　오리의 울음소리
　　　　어렴풋 희다

遠山に
日の當りたる
枯野かな

高浜虚子

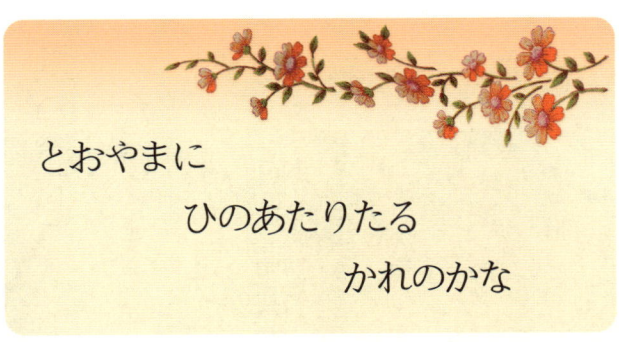

とおやまに
　　ひのあたりたる
　　　　かれのかな

tōyamani hinoataritaru karenokana

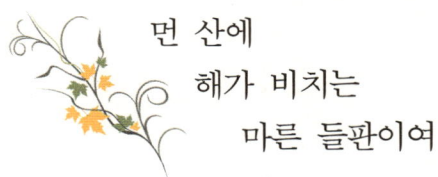

먼 산에
　해가 비치는
　　마른 들판이여

旗のごと
なびく冬日を
ふと見たり

高浜虚子

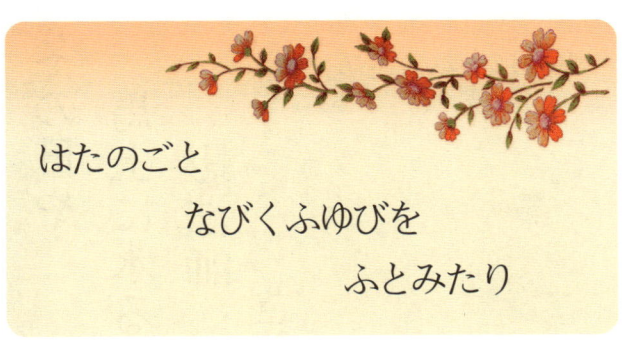

はたのごと
　　なびくふゆびを
　　　　ふとみたり

hatanogoto nabikufuyubiwo futomitari

깃발처럼
　　나부끼는 겨울 햇살을
　　　우연히 보았네

冬の日や
馬上に氷る
影法師

　芭蕉

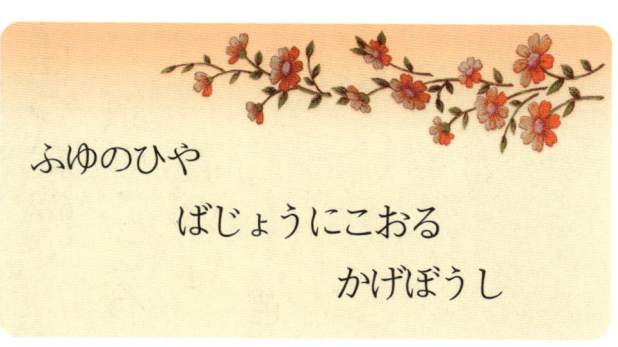

ふゆのひや
　ばじょうにこおる
　　　かげぼうし

fuyunohiya bazyōnikōru kagebōshi

겨울 해여
　말 위에 얼어붙은
　　　그림자

住つかぬ
旅のこころや
置火燵
　芭蕉

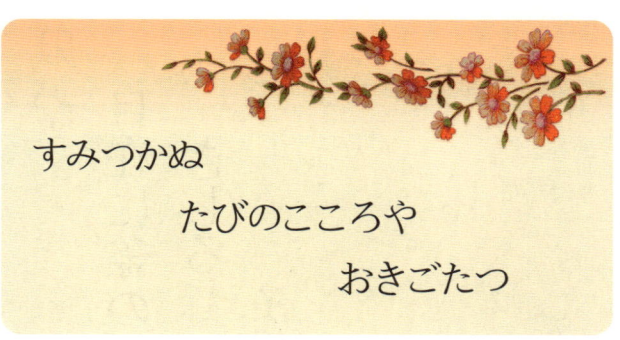

すみつかぬ
　　たびのこころや
　　　　おきごたつ

sumitsukanu tabinokokoroya okigotatsu

정주 못하는
　　나그네 마음이여
　　　　이동 화로

凪や
自在に釜の
きしる音
　子規

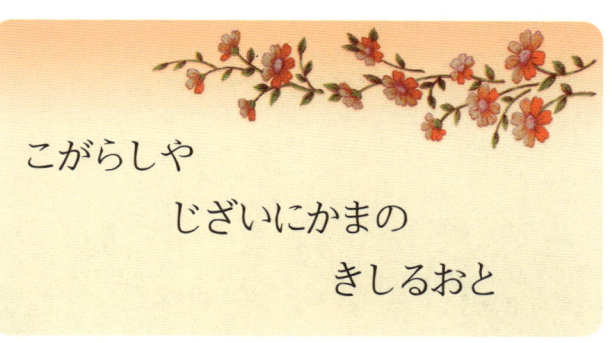

こがらしや
　　じざいにかまの
　　　　きしるおと

kogarashiya zizainikamano kishiruoto

초겨울 바람이구나
자유자재로 솥단지
삐걱거리는 소리

たわたわと
うすら氷にのる
鴨の脚

松村蒼石

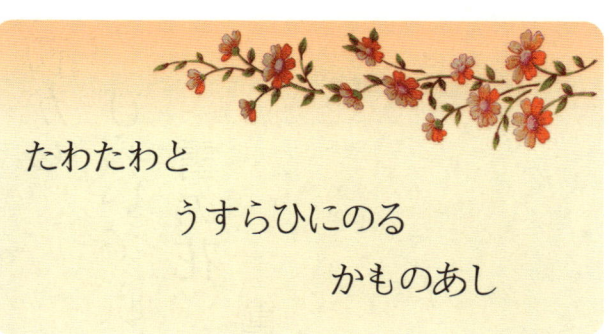

たわたわと
　　うすらひにのる
　　　　かものあし

tawatawato usurahininoru kamonoashi

휘청
　살얼음을 타는
　　오리 다리

初から
ひらいて咲や
雪の花

重頼

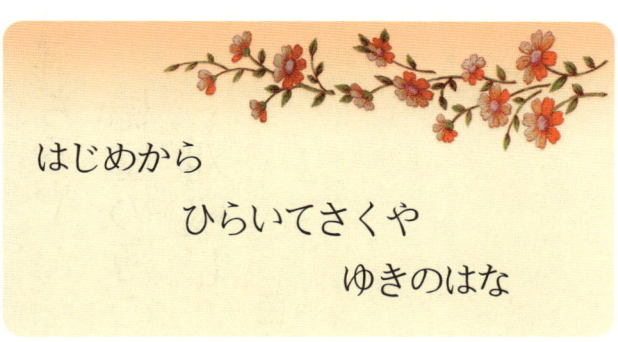

はじめから
　　ひらいてさくや
　　　　ゆきのはな

hazimekara hiraitesakuya yukinohana

처음부터
　벌어져 피는구나
　　눈꽃

雪ちるや
穂屋の薄の
刈殘し

芭蕉

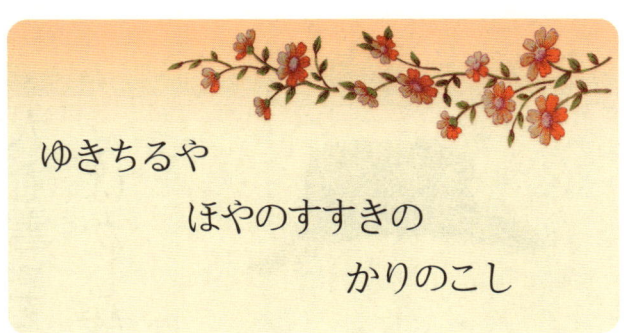

ゆきちるや
　　ほやのすすきの
　　　　かりのこし

yukichiruya hoyanosusukino karinokoshi

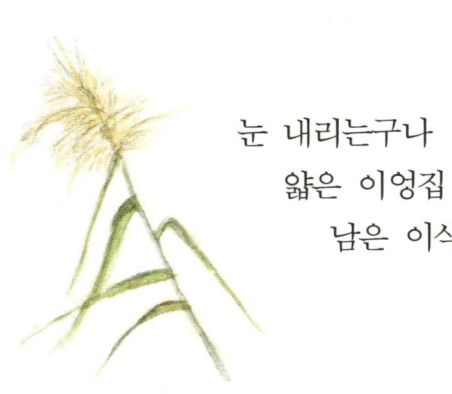

눈 내리는구나
　얇은 이엉집
　　남은 이삭들

すべりては
人も雪ころ
ばかし哉

貞徳

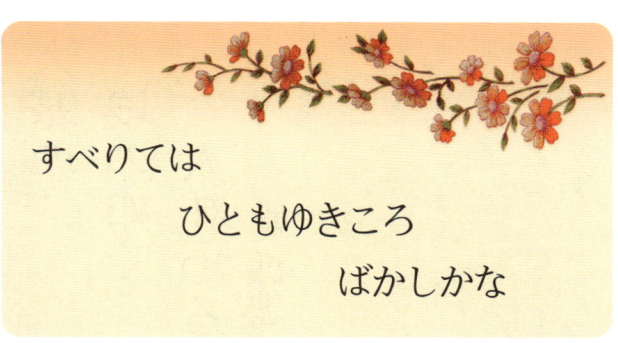

すべりては
　ひともゆきころ
　　ばかしかな

suberitewa hitomoyukikoro bakashikana

미끄러져서
　사람도 눈사람처럼
　　굴려졌구나

大寒の
埃の如く
人死ぬる
　　高浜虚子

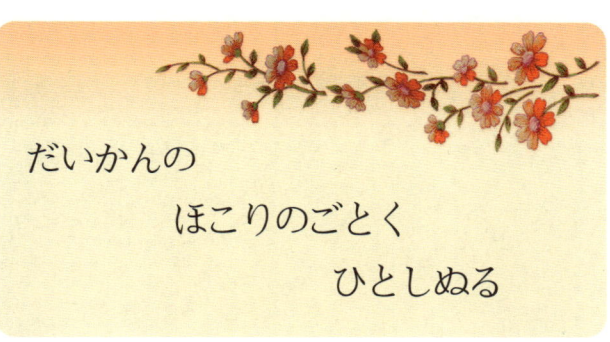

だいかんの
　　ほこりのごとく
　　　　ひとしぬる

daikanno hokorinogotoku hitoshinuru

대한의
　　먼지처럼
　　　사람은 죽네